在素養天空下

顧蕙倩 著

目錄

春樹暮雲話當年──詩人的非A+養成班

蔡淇華（名作家、臺中市惠文高中教師）

這是一本很浪漫的散文集，因為它很詩人，也很附中。

曾在師大附中擔任導師的顧蕙倩，以詩人的視角，從一個班級搬到高三教室的第一天開始記錄起，她那天寫的是「走廊的香草園」。

那天他們師生踏進即將屬於他們的教室，既感動又感恩，因為教室保有美好善意的乾淨，黑板上還留了一封長信，勉勵學弟妹繼續在這裡快樂又積極地度過高中最後一年。

「多麼想回到從前呀！多麼捨不得離開這裡呀！」信上這麼說著。

這就是附中，在聯考前的肅殺氛圍中，還保有溫度與浪漫。

學長姐在走廊還留下一方的香草園，於是有同學開始主動在下課時間拿著小圓鍬犁犁泥土施些肥，有人抓起小水壺東澆水西噴葉的，蕙倩老師也拿著剪刀剪剪枯枝撿撿落葉。

香草園減緩了現實高牆的有稜有角，柔和了冰冷枯燥的水泥白牆，就像詩人當導師，減緩了聯考功利思考過陡的坡度，讓青春的順向坡，保有熱情與美好的土壤不致崩落。

面對四十七名學生，當見到轟轟的冷氣聲對抗著戶外的炎炎日頭，詩人會想像一架波音七四七噴射客機載著四十七名旅客即將橫越太平洋，航向新大陸。

雖然詩人描寫她最愛的秋天時，寫下：「多一點或少一點的愛戀，都會打破我們之間相處的默契……不必想念，不必收藏我的時光！」彷彿自己可以瀟灑的與時光別離，但其實不然，否則不會有這一本書的誕生。

詩是為了抵抗時光，所以詩人用文字要讀者重新鑑照每一個不再歸返的美好日常。雖然了然「曾經陽光的位置並不是永遠的位置」，但因為懂得，所以珍視，所以美好。

就像一位每天犧牲念書時間，為全班代訂便當的同學，微笑地提醒吃霸王餐的同學，一派氣定神閒終於收完錢，沒有一句怨懟的話，然後當他安靜地回到座位拿起筆開始寫考卷，頭愈來愈低，低到和桌面一樣水平——他累到睡著了，詩人導師沒有叫他。詩人看見的，是青年內在的流動裡，徐緩前進的自我要求，於是蓄積為叫做「責任」與「勇氣」的美德。

這是一本時光之書。當時間走到了位置，空間也安置好了，蕙倩老師和學生安安靜靜的在偌大舞臺上找到自己人生的角色。然而當物換星移，此後經年，他們是否還會記得教室裡那格格作響的電風扇，或是陪數字跳華爾滋的時鐘？

在書中，詩人用杜甫〈春日憶李白〉中的詩句來抒發她的心境：「渭北春天樹，江東日暮雲。」杜甫在渭北看到春樹，便憶起在江南的李白見到的是暮雲。

詩人的「春樹暮雲」，是四十七個堅持浪漫節拍的小宇宙。他們曾經只以A+為動力來運轉自己的日與月，但是導師的詩人素養，將他們組合成一個「非A+養成班」，那是臺灣升學星空中最美的星系。

打開這一本書，讓我們跟著那年每天的故事，進入那安定而美好的星系，我們會見到寄存在每個小宇宙裡最簡單的微笑，以及內在流動的浪漫氣息。

那是青春，那是時光，那是詩。

非A+養成班：成長關鍵字

國立苗栗高中　黃琇苓

「所有的大人都曾經是小孩，雖然，只有少數的人記得。」小王子，長大後該有一個怎樣的人生呢？如果是我，我會給的生命關鍵字是什麼？生而為人，該有的人文素養是什麼？顧老師，精彩的「拍」案驚奇

一個老師，仿若一個園丁，業師、人師，對學生而言老師是三年的過客，對老師自己而言卻是一輩子的承諾，我們能給學生？該給什麼？在非A+養成班中，顧老師娓娓道來我們該凝眸的角度，「原來，不只是課堂的成績單，成長的關鍵詞不會是A+，

其實是小日子裡的一次又一次去蕪存菁的體悟和感動。」，因為看到，所以被看到，彷若那在冰冷枯燥水泥白牆走廊荒蕪香草園，最後綻放的微笑，那是身為老師一輩子的承諾。

從小草的走廊，到課堂中遁入憤怒的孔子、愛情物語的張愛玲，到物理課的球場，到how deep in your life合唱比賽，到中秋節的柚子，到U-bike城市漫遊，到鳥類生態的觀察，到夏季大三角的星空、雨與彩虹、深秋的月色，到社會正義、憤怒鳥……繁花似錦的生活，好個四十七劍客，好個與梵谷相遇的自己，與彼此的相遇，原來才是最想留住的幸運！走入顧老師的匣子，追尋著追逐成長的意義，找回生命那最重要的鑰匙。

一篇篇娓娓道來的生活小故事，在自己與自己，在自己和書籍，在自己與家人，在自己與學生，在自己和社會，在自己和宇宙之間，流轉的時光！想起自己剛進入教職時，那時急急忙忙、慌慌亂亂的在學校行事曆中，在整潔、秩序常規，以及在成績怪獸的進度壓力下，總在奔跑，總在拼命，數年過去了，分數落盡，該留下的是什麼？「只有用心靈才能看得清事物本質，真正重要的東西是肉眼無法看見的」，顧老師有股獨特俠客般的氣質，凝練的小品中，有股淡淡的哲理，讓我重新思考人生、工作該要有不乏，或許該懂得放下規律的速度，看著自己行經小徑的美好足跡。

「我始終認為一個人可以很天真簡單的活下去，必是身邊無數人用更大的代價守護而來的。」

留下了「愛」與「光」

鄭炤梅

有一種幸福美到不太真實，該是源於綿長的愛，這些記憶守護在腦海，每每提取時，總時而一抹微笑，時而慨嘆它的匆匆。

孩子們離開附中轉眼也五年了，喜窩家裡當宅嬸的我，時不時還會浪漫的回到以前的部落格，爬爬文字，看看還有沒有人留下任何的蛛絲馬跡，但理性腦總會想起孩子剛入附中時，顧老師對我的提醒，「要放手也要放心」。是呀！星辰有序，四十七顆星子也該已平穩自適地在自己所愛軌道上運行，此刻我該是祝福與感恩自己曾何其有幸的以旁觀者之姿趴在一端的高牆，喜悅、自在地欣賞著教室內1281三年師生共鳴共好的歲月。

在升學競爭分數的常模中，這群藍天之子早就是常態分布中的A+學生。「非A+」

的養成，是一位教育工作者想帶出另外一個風景，或者說在A+身上滲入不同的元素，用如常的生活事件，帶出學業認知學習外能有所感有所悟的生命體。在我所知的1281班有好多的約定，約定每年一聚的同學會，約定十年後一起拆開瓶中信⋯，1281像是個溫暖穩定而自在的家，女主人架構了安全舒適的空間堡壘，在不悖離基本軌道下，孩子們可以盡情揮灑，用自己的速度時間前行，她不批判，不用課程的能力指標來框架孩子抑或是激勵孩子朝社會期許目標前行；她是一位知性的女詩人，引領著理工腦的孩子「享受」文學之美與豐沛的素材，她是小頑童，杜鵑花開時，立馬調課說什麼也要帶著孩子往「祕密花園」，力行她那「在美好的事物都必須享受在當下」隨時浸淫瞬間美的智慧。

記得我的高中導師曾告訴我們，世上有兩種人會真切地以你能超越他為榮，一是你的父母，二是你的老師，包覆在顧老師心中的是如慈母般的愛。五年前，老師像極了五色鳥媽媽，全方位盡力悉心的孕育這群孩子，在孩子們離巢各自飛翔後，老師沒忘當年對孩子的承諾，一如1281的孩子堅定信守赴約每年八月一日的同學會。在鳥兒離巢無法再絮叨叮囑時，老師用了最擅長留白的空間與等待的時間，把曾經帶著孩子們一起看溪看山看雨，過節過季過儀禮，談愛情談友誼，談人際尊重也談嚴肅的社會公民議題，用一顆敏銳易感的心化成一段段的文字與一禎禎的照片，然後留了一本1281的「故事書」在這裡。當生命中不再有「導師」二字，孩子們可以試著想起這些故事，記起十八歲的青春，當倦鳥想要找個地方喘息，那就窩回到這字裡行間中，翻翻老師寫給四十七顆星子的書，迴盪著老師在課堂朗讀的聲音，老師看得到的人生風景，您也該有機會拾取，老師的感悟您也當有共鳴的悸動，然後在生命中如風動石般找到一個平衡支點繼續在這宇宙空間穩穩地立著。

我眼中的顧老師，永遠都能把生命過得「熱情」且「豐富」，而1281孩子的心總是那麼澄澈清朗，笑容永遠那麼明亮與燦爛，我想這是因為顧老師在孩子們心中留下了「愛」與「光」。

謝謝那年的你，讓我能再次找回內心的聲音

蔣宜成

現在看來，雖然學識漸漸積累，也有更多精力造訪許多地方，嘗試離開舒適圈，認知人與人之間的差異，但是總有一個念頭，身為研究生的我似乎不比五、六年前的那個我來得更有智慧，依然是在緊湊生活裡尋找一絲絲自我存在的意義，有時迷茫，也有時頹廢，有時奮起，也有時忽然眼前一亮。

也許是偶然瞥見高中摯友在社群網站上的動態，亦或是腦力使用過度腦筋突然空白，不經意地腦海冒出的想法竟然是高中的我是怎麼度過每一天？可惜一旦思緒重新開始騰騰運轉，回想起的不是過往夾雜玫瑰色及黑歷史般的記憶，僅僅只是還有幾個報告要準備或是還有什麼交辦事項沒有完成。我仍然無法真誠思索一切的意義，甚至我也無法說服自己，自己並不是被生活推著往前走，即便是在如此表達感受，熱烈揮

灑執筆的當下。

當我翻開一頁又一頁的非A+養成班，看著一篇又一篇導師的第三人稱紀錄以及同學間的有趣互動，難得我可以放下一切，如同第八拍中導師的教誨：不一定要急著向前，回頭望望來時路的美好足跡，就這麼詩情畫意地創造一個神奇的空間，只有我和那年的我。

〈走廊的香草園〉使我印象深刻，而印象深刻的點不僅僅在於我目睹了黑板上學長們留的字，而是當要傳承給下一屆的學弟們時，也同樣在黑板上留下訊息，對我來說，這好比接下任務，就要有始有終。上一屆留下的乾淨環境、小巧花圃以及溫暖的題字，同樣的一年之後，也把一切物歸原主，徹底清潔，順便勉勵學弟，達到真正物質與精神上的傳承。這無非是在傳達一項重要的訊息：雖然高三很辛苦，但是生活步調也不能亂；雖然高三很辛苦，但是你們有學長們的照應，彼此之間雖然素未謀面，但此時此刻堅實的鍵結就這樣搭在一起。

〈雲門九歌〉裡，懵懂無知六年前的我，感受人生第一次也是最特別的成年禮，那時的我由於對社會大環境不夠了解，但是仍然憑藉著充沛的精力以及對未來的無限想像，十足的透過儀式告訴我自己我已經成年了。六年過去了，當我細細審思這段有趣的經歷時，我才赫然發現人的一生或許就這麼一次成年禮，往後不能再假裝自己對事態完全無知，身分的轉變是一時的，責任的跟隨卻是永久的，也許就是那時候，某種程度上捨去不平靜的我也得到新生，學會開始為自己所作的決定負責。

回憶的跑馬燈總有停止的時刻，不免俗地又會被殘酷的現實帶離空間，不知道目前正在閱讀的你，是否也能像我一樣，終於可以少些嘆息與抱怨，升起的陣陣雲煙，就讓它充斥著現在的空間吧！曾經在〈探奇攬勝者〉所擁有的勇氣，曾經在〈臺灣之美〉樂於放鬆的自我，曾經在〈柚子節〉經歷了快活的人際關係，就讓這些過去的我再次構築現在的我。

正如同 Angela Aki 寫給十五歲的自己，歌詞中的一段話：自分の声を信じ歩けばいいの，謝謝那年的你，讓我能再次找回內心的聲音。如果你也感到困惑，看一看屬於我們的青澀紀事，再想一想自己的過往總總，說不定你也能與我一樣，漸漸少些懷疑，多些擁抱，變得能夠昂首闊步向前行！

懷念那些瘋狂又精彩的生活

陳碩緯

「要是高中時能用些什麼，文字也好，影像也罷，紀錄當時的生活，那就好了」偶然憶起高中時的點點滴滴，不時會有這樣的聲音在我耳邊嘀咕著，從來沒想過這個願望可以成真。

雖然每年的同學會總會回味一些經典的畫面，看著書中的文字，才將記憶中被遺忘的一隅給喚醒，像是每天吃完午餐後總會喊著「收錢啦～～」的冠賢，教室那扇總是關不起來的後門，又或者是只要一有食物出現就會馬上被難民搶光的食物急救箱，那些高中生活的枝微末節，完整的用文字呈現出來，看著看著竟下起雨來！待雨滑過臉頰擦過了嘴角才發現，原來那是我的淚呀！

那時的生活單純快樂，除了念書考試外，也沒什麼特別的煩惱，每天都有新鮮的事發生，像是柏仁又語出驚人地說了什麼話，Allen 上課又要唱哪首歌，或是我又要代表全班向哪個老師道歉。81 的每天都在歡笑聲度過，曾經我把那些豐富的生活當作理所當然，現在回憶起來才知道，原來那是專屬於附中人的精彩，不，是專屬於 81 的精彩！

五年前的我們拚了命念書只為考上一間好學校，因為大人們總說：「學生的本分就是好好念書，以後才有機會找到好工作。」於是我們也不問太多的為什麼，默默用功，也就這樣默默的上了大學。五年後的我們從大學畢業了，漸漸的，大家的目標也變得不一樣了，不像當初有個「考大學」這個共同的目標。有些人找到了自己的理想，決心當個職業棋士；有些人對學術有興趣，於是繼續念研究所；有些人想出國看看這個世界有多大，所以努力準備托福；有些人念完了大學，卻還是對未來感到十分茫然。

現在的我們雖然為了不同的目標各自努力著，這本書卻提醒著我們相遇的起點是一樣的。高一的我們進了附中的大門，大家的制服上繡著一樣的班號——1281，原本以為這班號只會跟著我們三年，畢業後才知道它已深深地刻在心中，當人生歷經挫折，或是有喜悅想分享時，「1281」竟會不自覺地浮現在腦海，接著就是 Line，或是打個電話：「嘿醜男，吃飯啦！」。不知不覺1281已經不僅僅是一個班號，而是一個信仰，一個永遠會接納我們的家。

81很幸運有顧老師這個用心的導師，即使不知道氣哭了多少個老師，或是向多少個老師道過歉，顧老師都沒有放棄我們，甚至還不時辦些課外活動，讓乏味的課程增添幾分樂趣。但最讓我意外的還是這本書，從沒想過高中的生活及當時的心境能夠被文字如此細膩的記錄下來，也讓我在茫然的生活中憶起當初單純又快樂的回憶，希望這本書帶給大家的體會也能夠和我一樣深刻。

五年前的我們，為了考大學一起在圖書館熬過無數個夜晚，五年後的我們各有不同的志向，朝著不同的方向各自努力。但不論經過多少個五年，當我想念起高中生活的點點滴滴，勢必會把這本書拿出來，翻過一遍又一遍，懷念那些瘋狂又精彩的生活，以及我最敬愛的寶玲老師。

By 附中金城武 107.6.24

莫忘初衷

陳仁欽

這本書裡的每段文字，與每張照片，都是訴說著當時 1281 的故事。

對於我來說高中是人生中最隨心所欲的一段日子，也是我學到學業以外最多東西的時候，像是從社團活動中學會要如何當一個學長，畢冊製作時學會如何畫圖……等，當然不得不承認當時並沒有全心全力在學業上，所以成績並沒有很出色，但現在回顧當時的決定並不會後悔，因為高中是我人生中最可以一直嘗試與犯錯的時候。

回想起高中時的國文課，課本的內容已經想不起來了（老師不要打我），唯一沒忘的是老師時時刻刻都在提醒的「莫忘初衷」，當時沒有任何歷練的我對於這四個字感觸沒有很深，覺得是鼓勵繼續認真讀書，考上理想大學的話語，覺得沒有很難，但等到高中畢業後，才發現有時會因現實的無奈而違背自己的初衷，這時才知道老師的

「莫忘初衷」原來是件困難的事。

很感謝顧老師能花了那麼多時間記錄著 1281 班所發生的事情，在看著這本書時，彷彿回到五年前那個與大家一起打拼，一起做夢的日子，最後希望在讀這本書的人，也能回憶起屬於自己人生中那段最充實、最有幹勁的時光，然後在現在自己的道路努力時莫忘初衷。

活在彼此心中的最佳證明

曾傑民

真的很慶幸有這麼一本書，能記錄那段歲月，那段最青春、最單純、最熱血的黃金歲月。

回想起那段時光，當時的我們總覺得三年好漫長，光是等待下課鐘響就夠我等上一輩子。好玩的是，每天在學校待的十個小時裡，總有各種有趣的事等著我們去做、有各種讓未來的我們回想起來總能會心一笑的回憶等著我們去創造。在這樣簡單又美好的日子中，讓我對時間的感覺早已麻痺。對於未來，我們總抱有許多幻想，畢業後的我們勢必會分道揚鑣，只是確切的誰會去哪裡、會考上哪間大學，卻沒有任何人說得定，一切也只能無奈地交由考試分發來決定這四十七人的命運。而儘管有著偌大的考試壓力，只要看到身邊還有這些情同手足的同學們與我並肩作戰，再苦的日子都不足以讓我們產生一絲畏懼。在三年來日復一日的相處之下，所淬煉出來的友情與回憶，就是我們活在彼此心中的最佳證明。

想必高中時的我怎麼也不會想到，在畢業後第五年的某個深夜，我會坐在新竹租屋處的書桌前一邊回想著過去種種，一邊打著這篇文章。讀這本回憶錄的過程中，想起自己以前那些「豐功偉業」總免不了一陣開懷大笑；而當讀到幾個較為感性、溫馨的時刻，也都會立刻被當時的情緒給再一次渲染。事實上，現在的我們仍保持著一年開一次同學會的傳統，而同樣都在新竹念書的幾位同學，也都會時不時相約聚餐或是小酌兩杯，每當聊到這三年所發生的事情，總有數不盡的歡笑，而且相信這樣的友情還會一直持續下去。

看著老師筆下的我們，彷彿能回到過去並從老師的角度重新經歷一切。令我訝異的不只是老師在事發當下的觀察入微，從事件中帶給所有人的啟發以及事後的感想與省思，都令我打從心底更加佩服老師。最後，想感謝顧蕙倩老師這三年來對我們的用心與付出，也感謝1281班以及我在附中認識的任何一位同學，感謝你們在我生命中留下這麼美好的一段回憶。

代序
在素養天空下

顧蕙倩

讓學習遁入學習，生活走向生活，生命尋回生命，應有的節奏與素養。

十年樹木，百年樹人。這句老生常談在「素養導向」的教育指標裡，顯得如教堂鐘聲，遙遠、古老又落伍，而且，還缺乏當代功能性與現實性。

學習這件事，需要十年方得以成材，得以具備素養，好來「適應現在生活及未來挑戰，所應具備的知識、能力與態度」，會不會太慢呢？

這個文明又科技導向的社會，已經強調學習的當下，必須兼具實用性，好與社會接軌，不然學習是必須被：宣告無效。馬上學習，馬上上手，馬上成為可以帶出教室的能力，然後可以應用，然後可以應考，然後，可以謀生。否則學生會認為這門課是沒有學習的必要，即使這門課的學問是以基礎學習為導向，也許未來十年的進階深造甚至為人處世都需要它。

我們一直被科技的日新月異推著超越，甚至飛越，為了跟上，必須遺忘「素養其實不只是知識與能力的應用，而是內化的生命涵養」。在一〇八課綱尚未上路前，一群又一群即將離開高中生涯的學生們，當時並未知曉未來將有一場「素養導向」的十二年國教課綱即將上路。他們帶著自己，在十八歲的暑假來臨前，在毫不知情的青春教室裡，也許他們的導師、他們的家人，甚至他們自己，曾紀錄了值得自我檢視的「生命素養」。這本書，如今在素養導向的學習領空下，每一則「素養」都是生命值得終身相隨的情愫與養分，而且都是無法被「試題化」與「情境化」的渾然天成。

生命之為生命，無用之為大用，學習的當下，如何界定什麼才是真正的有用呢？學習之為用，用之為用或無用，若不是在時間慢慢的醞釀與空間的推移摧磨下，如何能逐一顯現其真實的意義呢？

想起小時候學習的樂趣，往往不是被老師預先設定目標，或是告知這一門課即將獲得的學習成果是什麼，而是，單純沉浸在學習裡。然後，學習本身的樂趣與好奇，將會帶領我們走向生命的寶庫，並且獲取屬於自己的珍貴寶藏。也許要好久好久以後，才能理解當時老師的教導或是書籍的智慧，對於我們個人，究竟哪些才是有用的素養，也就是一〇八課綱汲汲營營極力宣導即時推廣的素養試題目標：適應現在生活及未來挑戰，所應具備的知識、能力與態度。

十年樹木，百年樹人。在一〇八課綱的素養導向大旗揮動下，顯得像一句髒話。誰能相信十年才能成就一個人才的內涵？更何況是百年之遙？

一門課一學期，一學期必須馬上因應素養導向題，素養導向題必需因應「帶得走的知識、能力與態度」，一〇八課綱上路，教學開始強調「核心素養」，需藉由素養導向試題來檢測「素養」的學習成果。然而，什麼是核心素養？什麼才是好的素養導向試題？又如何以紙筆測驗來評量呢？國家教育政策明言，只要了解素養題的兩大關鍵，再搭配國家教育研究院針對素養導向「紙筆測驗」評量提供的題型示例，即可略知一二。

一〇八課綱以「核心素養」作為課程發展的主軸，以落實課綱的理念與目標，也兼顧各教育階段間的連貫以及各領域／科目間的統整。但是，這些並不是「素養」，何需套下如此冠冕堂皇的專有名詞？什麼才是「素養」，相信你我都了解，素養是知識與能力的深化，是情操，是涵養，是日常生活內化的生活修為與價值觀念。

「素養」，不只是將習得的知識與「生活情境」產生緊密連結與互動，而是將知識與能力內化，與「生命情境」有緊密連結與互動的關係。

若將一〇八課綱核心素養三大面向、九大項目，進一步思索「素養」本質究竟為何，而不只是「與生活情境有緊密連結與互動的關係」，不再如此即時性與有效性，不局限於學科知識及技能，而是關注學習與生命修養的結合，是不是更能彰顯「素養」的意義？還能進一步深化其定義，讓授教者與學習者進一步理解，「素養」是一回又一回生命自我的情志熏陶，不只是應對處理問題的能力，更是面對生命情境的互動關係。會不會老師和學生都鬆了一口氣呢？

讓學習回歸學習，生活回到生活，生命回到生命應有的節奏與素養吧！

#美好善意

#運動或讀書

#生命的價值

#寵愛

#流行

#記憶

#1281

#人際關係

#如常

#勇氣

#音樂

#冒險

#初衷

#可怨

#流行

#記憶

#位置

#好簡單

#速度

#安靜

#知足

#聽見

#1281

#變速

#抬頭

#儀式

#做詩人

#和平

#走向山

#1281

#正義

#1281

#友誼

#責任

#知識

#說到愛

#律己

#夢想

#團圓

#詮釋

#平衡

#繼續歌唱

#走向山

#幽默

#定格

#地圖

#非copy人生

#雙數與單數

#打賞

#儀式

走廊的香草園

美好善意

他是一個家，戶外有一方不大不小的香草園，剛剛好的凌亂和自然。它們需要美好善意的照顧，而他們，以及我，在自我養成的青春年華中更需要有同樣的美好善意。

七月初大家終於搬進了嚮往已久的高三教室。

印象中的高三教室總令人慘不忍睹，那些十八歲的青年終於脫離了升學的闇黑和權威的桎梏，總愛將這個青春監牢當成發洩的垃圾場般忿忿丟出沉重的教科書和任何可恨的記憶碎片！似乎這樣他們以為就可以將晦澀的青春給輕易丟出。

殊不知，他們也輕易的背棄了美好善意的那個青年呀！

所以當我們踏進這間即將屬於我們的教室，令人驚訝的不只是這間教室保有美好善意的乾淨教人既感動又感恩，眼前的大大黑板上還留了一封寫給我們的長信。哇！！移交給我們的新家不但整理的乾乾淨淨，還用力的勉勵期許了一番，希望我們繼續在這裡快樂又積極地度過高中的最後一年。

寫信的是上一屆居住此地的學長，他們離開了蟄伏一年的教室脫殼而出，殼留下了，不是破爛醜陋的殼，而是充滿經驗與啟示的殼。

「多麼想回到從前呀！多麼捨不得離開這裡呀！」信上這麼說著。

走廊還留下一方他們種植的香草園。有些凌亂的草葉，卻欣欣向榮。

忙碌的考試忙碌的壓力，他們還是將這些小小的生命照顧的很好。左手香、檸檬草、薄荷葉，依然在各自的角落安靜的生長。

冰冷灰白的走廊有一方可以呼吸綠色氧氣的小小園圃。於是有同學開始主動在下課時間拿著小圓鍬犁犁泥土施些肥，有人抓起小水壺東澆水西噴葉的，連我也忍不住拿著剪刀剪剪枯枝撿撿落葉。

沿著走廊建起高高的牆，看向自由藍天的角度不會有什麼阻礙，但是習慣往下和往前看的視野卻大大受了影響，高大的人雖然不需要踮起腳尖就能向下看，但總是比看向藍天要辛苦了些。所以，剛來這間教室時大家還會揪團一起雙臂趴在高牆上用力的向下大叫，漸漸的那種想要向外發洩的氣氛也不那麼明顯了，開始有人背靠在高牆邊打打鬧鬧聊聊天發發呆，腳旁的綠洲像是一點點的甘泉，滋潤了盛夏初期的酷熱青春。

還好有這些小小綠洲，稍微減緩了現實高牆的有稜有角。揉合了冰冷枯燥的水泥白牆，走廊的香草園同時也保留了青春必要的生命熱情。

依然能感覺到這間教室曾是陪伴這些學長度過高三升學壓力的場所，走進這裡的四十七個人依然正感受著不同於以往的成長滋味，但是，自走進來閱讀黑板上一封長長的信之後，那不論什麼時期的生命都需要的美好善意就此留在這間教室了。

他是一個家，戶外有一方不大不小的香草園，剛剛好的凌亂和自然。它們需要美好善意的照顧，而他們，以及我，在自我養成的青春年華中更需要有同樣的美好善意。

21或10

變速

老闆說：「不急不急！你多騎騎就懂我說的話啦！騎快時不一定要騎快，該慢時就會自然慢下來。」

今天星期天，家人都想睡久一點，沒有人要一起滾兩輪。

我習慣早起，假日亦然，你們呢？升高三的暑假依然每天七點半準時走進教室，勤勞的你們，週日多些時間睡在舒服的床上吧。睡飽了的腦子也會多散發些幸福和快樂的氧氣。

梳洗完畢。陽臺的太陽花已經微微張開，看看手錶，七點。比預期出門的時間晚半個鐘頭。

貴子坑大排邊已經有許多鳥人將裝備一一架好，沒什麼鳥呀，我邊騎邊想，可他們在鏡頭前看得正起勁。這時候天空飛過一隻埃及聖䴉，應該是落單的一隻吧。以前看到的牠總是有一大群的同伴。同類簇擁的氣勢不在，乍看牠顯得好渺小。牠依然優雅的飛過我的眼前。

慢跑的男子從我身邊經過，我們微微點了個頭，他向北我往南。其實我們總是在假日的這裡交錯，輕輕打聲招呼點個頭，這樣就夠了。

繼續向淡水河邊騎去，幾隻出生不久的花色小狗，狗媽媽警戒式的三兩吠聲，白鷺鷥在雨後的稻田專心地覓食，關渡平原的早晨依然很寧靜。

淡水河邊的咖啡座還沒有撐起艷麗的遮陽傘，鐵馬繼續向前，決定先暫時餓著肚子。

喜歡一個人的早晨有種悠閒的快感，更有種孤獨的清澈。想念的線可以拉得很長很長，不急著收回來；言語的釣竿卻可以放回背包，不必時時刻刻都得認真的在鄰人的口舌間釣取意識與情感的大魚。

孤獨的時候可以放進很多東西。但也可以什麼都丟掉。

腦子放空，腦子好放空，連滿水位的淡水河和優雅的觀音山都放得進來。

賣兩輪給我的老闆曾經告訴我，只有騎車的那個人才最知道他騎的那輛車該轉二十一段變速還是十段變速。哈哈，當時的我真是聽不懂，不是爬坡就該快轉那兩輪好節省體力，而前進在幸福的平路上就該兩輪慢轉好讓速度加快嗎？

不然勒？我一直追著他問。

初學者的優點不就是好問嗎？

老闆說：「不急不急！你多騎騎就懂我說的話啦！騎快時不一定要騎快，該慢時就會自然慢下來。」

好像很有哲理的一段話，當時不懂就是不懂，尤其和一群人騎車時為了跟上大夥的速度，快慢總是由不得自己，趕在時間內到達目的地是王道，卻也從沒體會老闆的話。

現在就是一個人沿著河邊騎車。一個人想偷懶就大方地坐在河邊偷懶，想拍張照片或定點打卡就煞個車靠邊完成。

在社子島。在葫蘆國小。在大稻埕。

對自己的處境好一點吧！老闆說。

不要放過休息的時光，更不要在上坡時鬆懈腳步。多利用一個人騎車的時候習慣變速的感覺吧。

當我和年輕老闆揮手道別時，他又送了我一段話。

孤獨的時光。在四十七個人的家裡其實很少有這樣的機會，一個太早來或太晚走的人比較習慣這樣的滋味，就是安心吧，雖然和喧嘩的時光有好大的不同，但是那都是每一種時光的模樣。

每一種自己的模樣。一輩子學會和自己相處的最佳時刻。

後來在大稻埕遇見了朋友，我們一起騎了好長的一段路，有說有笑地騎到了新店，也一起坐了渡船盪呀盪地到了河的彼岸。回程時我們在大稻埕互道珍重，我又一個人滾著兩輪悠閒地騎回最初的地點。

日正當中，我想念家裡的冰箱，腳程不知不覺快了起來。

自習課做什麼好

#運動或讀書

看來每個人的時間安排還是各有不同，在我心中運動實在是一件非常美好的事，至少一節自習課可以全班一起抱著球奔向熱呼呼的操場吧。希望明天的表決能通過。

這周的四節物理課因為老師請公假，所以成了當然的自習課。到底要怎麼善用呢？這難得的空閒時光。我的第一個想法就是帶你們去操場跑步打球還有放空。

可是有同學希望早上一二節的物理課還是先考完，下午的複習考試再將時間空出來打球。「這樣打起球來才可以盡興呀！而且接下來上一天課才不會打瞌睡啦。」晉嘉的理由很好，現在的他已經朝運動重要，但保持讀書的體力更重要的角度思考。

還記得高一開學日你們魚貫進入新教室，每個人雖然仍不脫靦腆生澀，但在臉頰盪起的笑容都是一個個旭日東升的太陽。那時，我便暗自立下要常常帶你們運動的心願。

這個心願就從第一場師生羽球賽開始。

大家從分組競賽開始，一路各場有輸有贏，最後一場壓軸就是和老師們的比賽，略為生澀的球技讓兩位老師「輕鬆的」贏得勝利，整節課運動的氣氛非常美好，認真的晉嘉雖然當時不敵數學老師的球技，但是他認真的表情後來時常出現在不同的場合。

當時的我更沒想到的是，後來的班際羽球比賽都是由他主動帶領參賽球員辛苦勤練球技，課餘時分還相約到校外的球場繼續努力。在未來的兩年拿下男子組羽球冠軍和亞軍，這真是我立下運動心願外的意外收穫。

全班能喬出不是體育課的時間，能將四座羽球場全包下來的情景至今還叫我難忘。從互相不熟悉到彼此聯手切磋球技，羽球的競賽就這麼成為我們班全體高度參與的班際比賽。後來陸續舉辦了幾次的野外踏青，也在星瑋的積極鼓勵下全班成功地跑完校慶馬拉松比賽，這些的活動源自於我們其實都好愛運動。

高三的暑期生活沒有安排我們都喜歡的體育課，能夠運動的時間不知道得從哪裡擠出來，滿滿的課滿滿的考試，一天的考試終於告一段落，看你們撐著眼皮鬥志仍然旺盛，體力其實已耗去大半，還有新的複習進度在等著你們，雖然真希望能利用兩節物理課帶你們再辦一次羽球比賽，但是聽晉嘉這樣的建議，再多的想法也不能只是我那浪漫無序的安排。

你們畢竟更需要適度有效的時間安排，我知道。

那些曾經抱著籃球汗流浹背上課遲到的大男孩，什麼時候開始懂得一天二十四小時分配給生命中看似同樣重要的事物呢？工作運動孰輕孰重，如何有效的安排才會讓自己的人生更有光彩呢？

「老師，還有一堂物理課是自習，我們還是先去運動吧，考試就放學後再考吧，如何？」放學後還是出現了另一種的建議。

看來每個人的時間安排還是各有不同，在我心中運動實在是一件非常美好的事，至少一節自習課可以全班一起抱著球奔向熱呼呼的操場吧。希望明天的表決能通過。

屈原與五色鳥

#生命的價值

他付出了許多時間只為了賞鳥事拍鳥事，安靜的角落一群鳥人在驕陽下怡然自樂，這種價值你說有必要和他人生命的價值類比嗎？

前幾天我那親愛弟弟在臉書po了一段文字：

「八月十一日上午九點左右，巢中兩隻五色鳥貝比分兩天陸續離巢了。從一路走來，看到新生命的成長茁壯，終究飛向大自然。接下來會有更多的挑戰與考驗，希望這兩隻貝比能成功存活下來，孵出更多五色鳥，美麗與美聲我們這個球……（故事完）」

從七月五日到八月十一日，這段時光一路走來，弟弟風雨無阻地陪著五色鳥家族共同走過一段有悲傷也有興奮的時光。八月五日寶寶終於探出頭了，弟弟說，這過程雖然真是辛苦和汗水的累積，卻也帶來了完美的紀錄。

經過寶寶中途夭折和蘇拉颱風的侵襲，五色鳥爸爸和媽媽依然絲毫不敢鬆懈地繼續養育自己的親鳥，一直到牠們兩個貝比一一離巢飛翔天空為止。

從弟弟一張張紀錄的照片中我彷彿也經歷了兩隻貝比從巢中振翅飛去的震撼時刻，內心的興奮至今仍在心中迴盪。看著弟弟這些日子風雨無阻的付出與守護，化為一張張精采動人的紀錄，五色鳥的新生命得以延續終究值得高興，弟弟精采動人的生命奮鬥更令我感動。

生命的價值到底是什麼，從小不斷的在老師和課本的選文中提醒我過一個有價值的生命是件多麼重要的事。但是為什麼選一個終究還是自殺的屈原來說明生命價值的重要呢，小時候的我真是不懂。

老師說因為他潔身自愛為國盡忠呀，好奇怪的生命價值，當時的我認為。

如果必須死亡才讓他覺得生命有價值，我問自己，那活下去延續生命這件事就沒有價值了嗎？

直到身邊親人相繼辭世，現實的重擔愈來愈重，長大這件事讓我自然懂得現世中的生命價值有時就是簡單的活在當下，愈是辛苦的風風雨雨愈是要表現生命價值的本質：那就是生命本身。

常常以這句話來期許自己。每個生命是各有獨一無二的價值。

但是什麼才是有價值的生命呢，這不能用衡量或比較得出的答案，若沒有確切的定論如何追求呢？若那生命的價值只是抽象的感覺，如何確定在真實世界別具意義呢？弟弟的鳥照片裡有幾張風雨日依然努力哺育覓食的父母，還有一張鳥爸爸將過不了風雨夜的雛鳥軀體銜出鳥巢的悲傷畫面。生命的輪迴就是這麼簡單又這麼奧妙，若從人類的角度來看，這對五色鳥父母辛苦的哺育兒女其精神真是令人感動，而那在樹巢中努力成長的雛鳥們飛出父母羽翼的剎那豈不是也活得很有價值嗎？

生命價值也曾讓人以重量來衡量價值，「生命有輕如鴻毛，有重如泰山」，那種價值感並非截然以外在客觀的價值或生命內在價值的認定就能一分為二的。就像我的弟弟，他付出了許多時間只為了賞鳥事拍鳥事，安靜的角落一群鳥人在驕陽下怡然自樂，這種價值你說有必要和他人生命的價值類比嗎？

當他也怡然自得時，天地與他共同經歷這些鳥的生命，鳥雖然還是飛走了，他們又再繼續尋找鳥兒的蹤影，但是那只有他們才拍得到看得到的奇景，不也是他們自身創造的價值嗎？

當宅女遇見珍·奧斯汀

#人際關係

一切人際關係，就這麼自然地保持著淡淡優雅，適度的拘謹和微妙的現實與感性，這樣的英式涼蔭風，挺適合在即將破表的夏日午後，一個人宅宅地享受著。

溽夏一到，確定當個稱職道地的自閉宅女，就是夏日最有「fu」的抉擇。

一年四季，就屬夏季最想無所事事躲在室內吃冰吹冷氣，看小說或租個DVD看電影都好。如果當了夏日宅女還盡看些熱血衝浪又陽光刺眼的故事，那就像是嘴巴雖說不吃麻辣火鍋卻仍挑湖南老虎醬拌火鍋一樣，肚子還是一樣照拉，消暑的宅女怎能避了暑卻還在室內熱血沸騰又坐立難安呢？

夏日飆高溫的日子一到，我就躲在家裡看朋友推薦的書《當宅男遇見珍．奧斯汀》。其實同時還抱了一本村上春樹的《村上春樹雜文集》，但前者的消暑程度讓我彷彿置身英國鄉間陰涼的樹林深處，不必吹電扇，自然涼風徐上心頭。

作者威廉．德雷西維茲（William Deresiewice）以珍．奧斯汀的六本小說串起自身成長的歷程，小說裡的人物教他愛、友誼、成長與生命真正重要的事情。不管是《傲慢與偏見》嚴肅傲慢的達西先生，《艾瑪》裡一廂情願要幫人作媒的艾瑪，或是《諾桑覺寺》喜歡閱讀哥德式小說的凱薩琳，夏日有他們陪伴，感覺步調緩慢了起來，說起話來也不自覺有點英國式的優雅有禮。

看著看著居然迷上了這樣的氛圍，於是一連看了六部與珍．奧斯汀有關的電影：《珍愛來臨》、《珍奧斯汀的戀愛教室》、《傲慢與偏見》、《艾瑪》、《諾桑覺寺》、《窈窕野淑女》。看完後更加確定，珍．奧斯汀還真是一劑消暑良方呢！

意猶未盡地看完後，出門，在攝氏三十八度的高溫下行走，刺眼的現世如蜃樓般的街景，街上一盤盤快被烤焦或融化如奶油的人群——真想鑽回珍．奧斯汀的世界裡，撐著小洋傘散步小徑，或是喝著英式下午茶聊些芝麻綠豆的鄰家無聊事都好。

我想，其實那樣的消暑功效應該是來自「人際關係」這件事。過於黏膩依傍的話語在濕溽易生黴菌的季節裡，頗讓人感到不耐。還好，以珍．奧斯汀的生平與六部小說為創作源頭的《珍愛來臨》，將珍．奧斯汀的感情描寫得不溫不火又餘韻無窮。

《珍愛來臨》編劇讓珍．奧斯汀面臨感情與貧窮的兩難時，終究拒絕了和男主角私奔，選擇了不讓貧窮剝奪自身的幸福。說是理性勝於感性，無法說盡這部電影的情感指向，因為最後一幕當兩人都近中年時不期而遇，男主角喚他小女兒的名字為「珍」的時候，當年華逝去依然未婚的珍．奧斯汀為她朗誦一段《傲慢與偏見》，那盡在不言中的人生況味，一如夏日爽口的雪花冰，再美好的事物都有「必須懂得享受當下」的智慧，美好出現了，就該珍惜當下，否則就只會眼睜睜看生命如雪花冰消融在眼前。

《珍奧斯汀的戀愛教室》裡的男男女女雖然活在二十一世紀，他們的愛情際遇活生生就像二十一世紀版的珍奧斯汀小說。片中眾多角色之間的錯綜關係比對珍．奧斯汀筆下的芸芸眾生，衍生出許多閱讀和觀賞的樂趣。這裡有個以珍奧斯汀小說為研讀藍本的讀書會，彼此之間的關係相應於珍．奧斯汀小說裡的人物是複雜了許多，即便其中有為愛心碎的拉子、新婚憂鬱的法文女教師和結了數次婚的獨立女性，但對於感情與人際關係的處理態度，還是保有珍．奧斯汀式的夏日午後樹下涼蔭風。

看完這部片，再看其他四部改編自珍．奧斯汀小說的電影（《傲慢與偏見》、《艾瑪》、《諾桑覺寺》、《窈窕野淑女》），現世婚姻不再那麼黏膩難耐，曖昧不明的感情關係也不會讓人急著揮去眼前的迷霧。一切人際關係，就這麼自然地保持著淡淡優雅，適度的拘謹和微妙的現實與感性；這樣的英式涼蔭風，挺適合在即將破表的夏日午後，一個人宅宅地享受著。

然後，不知不覺秋天的落葉開始飄逝，人際關係的得與失，黏膩與疏離，似乎也沾上那麼一點點的珍．奧斯汀風了。

誰吃了霸王便當

責任

一個安靜的身影代表無怨無悔的負責，一群安靜的身影代表安然自在的幸福。

暑輔期間學校中午供應午餐的地方真少，除了自助餐還是自助餐，只有一種選擇實在算不上選擇。大家紛紛叫苦連天，還好一通電話可以解決民生問題，向外打電話求助成為暑期輔導午餐的模式。

以電話訂便當的方式確實讓吃飯的大多數人省力不少，但累的可是那訂便當和收一堆零錢紙鈔的同學。

一個中午可以訂近三十個便當，每個人看到便當提進門時就像終於等到獵物的大老虎，二話不說馬上撲前，人帶走了便當，滿意地聞一聞然後拿到自己的小窩去享受獵物，有人會主動繳錢，有人卻總是拿著香香的便當理所當然地打開然後吃掉，就像小時候吃著媽媽送的便當，理所當然不用付錢給媽媽，所以這會兒吃著熱心同學代訂又代拿的便當，習慣別人無私的服務，卻沒提醒自己要想到訂便當的人早已先墊了錢還得負責收大家的錢。

這收錢的苦差事總落在冠賢的身上。

每到下午三點還會看到冠賢忙著收錢。走進家門看到大家早已坐定自己的位置準備放學前的複習考，中午那美味的便當早就不知道消化到哪裡去了，只有冠賢還在後面的白板上默默地數著便當人數是否和吃便當的錢符合。

忽然，一大把的零錢嘩啦啦的全滾在地上。

大家才突然注意到冠賢正安靜的低著頭撿拾地上的零錢。他依然沒有怨言。

有人過去幫忙，有人還在考試。

考試的安靜此刻突然成了一種極度的反諷。我忍不住笑了出來。

為什麼冠賢這樣苦命我居然是這樣的反應呢?我問大家。

「是因為你很滿意他,所以笑呀!」不遠處有這樣的聲音。

當然我也很滿意此刻銅幣掉了一地。總要代表冠賢說一些話吧!不應是我主動提醒那些吃便當的要懂得感謝默默付出的人,而是大家發自內心的想到!

此刻一地的銅幣聲提醒了大家。

一個安靜的身影代表無怨無悔的負責,一群安靜的身影代表安然自在的幸福。

不主動付帳的人還是穩穩等著他人的提醒。穩穩地享受他人的辛苦的人,切記!千萬不要以為他人的辛苦他人為你的服務都是應該的。

當冠賢將銅幣放在一個餅乾盒裡後,繼續叫著未繳錢同學的號碼!

「吼!吃霸王餐喔!」我真的生氣了!

可是冠賢居然沒有生氣。

他還是面帶微笑地叫著吃霸王餐同學的號碼,一派氣定神閒終於收完了錢,他沒有一句怨懟的話!其實他應該最有理由大吼大叫的發抒他的不滿,足足耽誤他不知多少念書的時間，他卻安靜地完成他的事情，為全班服務的責任他擔了起來，也欣然接受這樣額外的辛苦！

他安靜地回到座位上拿起了筆開始寫考卷。

沒幾分鐘後他的頭愈來愈低，低到和桌面一樣水平。

他累到睡著了，我沒有叫他。

BBS的鄉民

#正義

正義不是大道理，不是多了不起的高尚道德，而是為了維護心中的那把合宜的尺而展現出來的堅持與守護。

最近有部院線國片《BBS鄉民的正義》終於上映了，上演第一天便迫不及待地跑到戲院欣賞。看完大大的讚賞，不枉我放棄夜晚的休息趕來排隊嘗鮮。

我其實對這個BBS文化非常不熟，也許是不曾投入這個文化所以當然無法感受這個文化的精髓，很難想像這個虛擬的世界可以呼叫所謂的「正義」。

十分儒家的我以為「正義」呀就是：只會存在人間世界裡合宜又正確的行為，不論是孔子在《論語・衛靈公第十五》說的：「君子義以為質，禮以行之，孫以出之，信以成之。君子哉！」或是孟子的「義利之辯」，我們維護的「正義」就是必須像科學小飛俠所唱的「要站在正義的一方，要和惡勢力來對抗！」

正義生來就是要抵抗惡勢力的，就是要保障這個世界的好人和堅持做好事的確切正義。不是嗎？

可是，電影的正式標語上簡單的幾個字卻明明白白的挑戰著現實世界裡所謂「正義」的詮釋：「人多的一方，往往霸佔著所謂的正義。」

批踢踢夢想版版主是個正在醫院養病的女孩，因為被懷疑是引發鄉民戰爭的「女皇」，而在頂樓絕望吶喊「我要他們永遠記得，他們曾經用BBS殺死一個女孩子」。這裡面出現的電腦駭客可以隨意入侵BBS的世界製造謠言混淆視聽，而鄉民們在這裡為了維護大多數人集合創造的「正義」力量，可以大到逼死一個版主或拯救一個女孩。

究竟什麼是鄉民的「正義」？多數人的「正義」又會造成什麼樣的轟動事件呢？

在電影裡大家對散播不實謠言重傷鄉民的版主採取集體報復的方式，多數的輿論製造忿恨的對象，BBS的英雄運用輿論的力量創造忿恨的機會，那就是多數人所謂的「正義」，欲剷除批踢踢夢想版版主的英雄將集體的憤慨化為BBS上的正義。

這樣的多數意志可以算是所謂的「正義」嗎？

對正義的定義我們曾經談過《正義：一場思辨之旅》一書作者邁可·桑德爾，他在課堂中所呈現的不是「正義」的標準答案，而是一場又一場思辨力的訓練，也就是說「正義」這個名詞其實不好談出結果，但我們可以看出一個現象：不見得多數人共同認定的「正義」就是正義喔！也許那是多數人的輿論暴力主導所謂的「正義」內涵，像BBS裡的虛擬正義若沒有另一個駭客及時瓦解，只怕正義就只是多數意志下的暴力。

我對於網路世界非常好奇，加上最近買了智慧型手機正式加入「低頭一族」，臉書連結世界的方式簡直就像藉網路連結過去已散失的記憶，因為網路世界實在太迷人了，每天抱著電腦記錄自己和與世界吶喊成為每天的必要功課。看完了這部電影，不但讓我對BBS的世界更有興趣，也讓我對「正義」二字產生更重視分析的態度。

大家在憤慨的同時，應該好好思考自己是不是也成為了靠虛擬或多數的「霸權」

嫁禍於「正義」一詞的一份子。還是孔子說的好：「無適也，無莫也，義之與比。」，多麼一針見血的話！

正義不是大道理，不是多了不起的高尚道德，而是為了維護心中的那把合宜的尺而展現出來的堅持與守護。

守護著一顆透明澄澈的心靈。

當有人問起公理和正義的問題時，希望我們都能清楚而堅定的回答說：「我們是正義的一方，要堅持喚醒媚俗和盲從的群眾！」

電風扇長工V.S.時鐘超人

#做詩人

有得有失。時間依然繼續在走，答案在風中，也在我們沉澱的湖水中。詩人的氣質一直使你們的雙眼澄澈如湖水。

八月十七日第二節終於排除萬難的空出一節課。當天天氣也好得出奇，昨天還熱到破表，今天一早居然天陰陰的沒有刺眼的陽光，羞澀的微風徐徐吹在臉上，雖然好像聽不到那風在說什麼，但溫柔的感覺像適切的讚美，還是讓人感到心情特別愉快。

第一節的物理考卷終於算考完了，物理小老師也特別通融沒考完的同學放學前交即可。上課的鐘聲終於響起，不管寫完的沒寫完的想念書想睡覺的同學一律都得離開這裡，手機錢包貴重物品可以留在原地，只要人離開這間教室就是了。

有些同學還是帶著考卷到外面的走廊席地而坐，只要不在原來的座位不在原來的書堆前埋頭苦讀就好，反正霸道的女王就是要佔領這片土地，驅趕所有住民，留下所有貴重物品！

終於，這裡沒有扭緊發條的齒輪了，桌子是安靜的，椅子是空著的，狹長的走道沒有匆忙的球鞋聲，沒有畫滿問號的腦袋，沒有急促蹦跳的胸膛，只有天花板的電風扇和牆上的時鐘依然在時間的流沙底互相追著走。

時間仍然繼續在走。像一首詩的場景。

呵呵，詠懷歷史的氛圍。

明年此時，轉動的齒輪依舊不變的會是格格作響的電風扇和陪數字跳華爾滋的時鐘，說不盡的物換星移，此刻在這裡像一首詩完美呈現。

相信在詩的國度裡給人最澄澈清明的體會就是意在言外的餘韻了。

那餘韻源自詩的留白，只要詩人願意留一方思維與感受的空間，讀者就能安置他自己的靈魂，在意象的留白底自由自在地飛翔。

電風扇長工和時鐘超人終於可以互看一眼了，平時兩人互有管轄領域，一個管肉體的舒適，一個主宰命運的推手，誰都不肯放開拔河的兩端。此刻大家全都跑開拔河現場了，緊張的氛圍凝結在空氣的留白底。

鐘聲的哨子一吹，綁在繩子正中央的紅線又開始來來去去。

離開了這間教室的同學又陸續回到了齒輪的速度，暫時走到休止符的旋律又繼續了節奏。大齒輪小齒輪轉呀轉的，有的流了滿頭大汗、有的慢慢踱步回到自己的位子、有的買了早餐還在滿意的咀嚼著……

需要一段時光。

不一定急著向前的時光，不需要眼睛盯著前方的時光。偶而一段時光將行囊暫時放在樹下，看看藍天看看樹，盡情揮灑汗水讓衣服濕透的不是因為悶熱躁鬱，而是離開冷氣房去曬太陽。

那是詩人的氣質，登山中途懂得放下規律的速度，看著自己行經小徑的美好足跡。

記得自己的來時路，懂得欣賞自己辛苦爬坡的喜怒哀樂。是喜是悲都是來自詩人的心，都因為懂得安置這樣的人生風景而不會只期待人生都一定要是四季如春天。這樣便不會隨隨便便拿水球從五樓丟下一樓來宣洩情緒。不會將自己逼向一個孤獨的角落，更不會當未來的人生終於爬上頂峰時卻茫然四顧、若有所失。

有得有失。時間依然繼續在走，答案在風中，也在我們沉澱的湖水中。詩人的氣質一直使你們的雙眼澄澈如湖水。

要記得自己終究是個詩人。我們曾經大方的將偌大的教室暫時還給了電風扇和時鐘。

如果你感到寂寞

說到愛

聽著輕柔的歌聲，唱著〈說到愛〉是可以這樣的溫柔，這樣的像旋轉在森林裡的精靈舞，走出寂寞的方法，不就是自然而然地說出愛嗎？

那一早天氣有點陰，前晚應該要下的雨沒有成功的發洩出來，前往上班的途中只有紅綠燈特別亮。

像鬱積已久的悶和一層又一層堆疊的心牆。

在雲層低低的城市前行，開個大燈照亮前方的黑暗勢力感覺頗有蝙蝠俠出巡打擊企鵝人的味道。

可是，前一晚的黑暗勢力似乎還在默默地霸佔著天空和地面，應該是要出現陽光的清晨卻只有灰暗的面容和詭異的死寂，沒有白日應有的溫暖和笑容，巷口的路燈還繼續亮著，詭異的霧氣在四周瀰漫。

企鵝人根本不知道躲在哪個角落，連小丑好像都要出來湊熱鬧。蝙蝠俠只好繼續開著車，兩盞大車燈到底還是有極大的亮度，照亮前方暫時是沒啥問題。

不過等紅燈的時候心裡還是偷偷的慌著：這樣的黑暗這樣的壓抑到底什麼時候才會走開？

這時候車子裡突然出現一段音樂。

是一段完全陌生的音樂。好舒服好溫暖的旋律，完全不著急的音符。聽一下卻完全臣服。

突然加進來的感覺，卻沒有任何想要強制讓你非聽不可的霸氣。很快就自然成為身體的一部分，成為耳朵，成為皮膚，成為一雙明亮的眼睛。

整個窗外的烏雲似乎開始有些泛起了亮光。

世界收起了笑容似乎想提醒我些什麼
電視喃喃自語著為什麼我卻變得沉默
永遠都追不上那些人那事物消逝的速度
說到愛 如果你感覺到寂寞
Let's sing it out of love

呵呵，這不是我的女神 Tanya 的聲音嗎？她真有本事，輕輕地唱就唱出了愛的味道。

就是這個味道，說到愛就是這種味。不求完美，就是舒服，就是自在，和愛的人在一起的滋味。

輕輕柔柔的歌聲，即便是一個人清唱，即便是寂寞的一個人獨吟也不會感到空虛或是恐慌。

不要急急忙忙的追著速度，愛，就是陪伴就是一起陪著彼此在時間裡繼續的走。走到天荒地老也是輕輕柔柔的陪伴。

不要擔心空氣中瀰漫著未知的氣息，愛，就是坐在教室裡看著四十七個人，安心地陪著讀書寫字，然後依然會囉嗦的叫著：趕快去吃早餐啦！！吼！！

即使喜歡看著你們每張熟悉的笑容，還是會偷偷期待未來的某一天你們會讓我認不出來的成熟模樣。

說到愛，其實現代人連「愛」這個字都很少掛在嘴上吧。怕說了「愛」這個字就得背負起什麼生生世世的承諾或責任之類的。愛的給予和付出，當下就是最美的時刻了，若只是因為怕背負什麼而不敢輕易說出口，那種愛的感覺便有種像鯁在喉頭裡的歌聲，再好的歌喉也是聽來非常不舒服呀！

不敢隨便說「愛」這個字，那是因為久了不說就不習慣掛在嘴邊了。就像 Tanya 唱的：

眼前飛過的蝴蝶也許是誰在想念著我
那句我愛你雖然難開口我想現在就說
生命太多遺憾每一分每一秒我都會緊握說到愛

當你需要我陪著你
Let's sing it out of love

這一路開著蝙蝠車的清晨，即使是要去剷除暗黑世界的小丑，維護每天應該運行的宇宙定律，但是如果感到寂寞感到自己的黯黑，是無法讓力量集中完成什麼拯救世人的大事。

聽著輕柔的歌聲，唱著〈說到愛〉是可以這樣的溫柔，這樣的像旋轉在森林裡的精靈舞，走出寂寞的方法，不就是自然而然地說出愛嗎？

有多久時間忘了去擁抱身邊愛的朋友
懷疑幸福的存在那瞬間其實早就擁有
多盼望有一段旅程拜訪每張熟悉的笑容
說到愛 就算是還似懂非懂
Let's sing it out of love

春樹和暮雲

友誼

十年後，不管你們變成什麼樣的人，不管發展或個性多麼不同，熱血年代的友誼會是讓人刻骨銘心的！

十年後的柏仁是不是還是像現在一樣搞笑？傑民是不是還像現在一樣的悶騷？十年後的我們還會像兄弟一樣嗎？

友情這回事實在很弔詭。一如這個詭異的成語：「春樹暮雲」。

完全說不出來這兩個風景到底有何關聯。乍看還以為是有一個叫春樹的男生，一個是叫暮雲的女生，彼此因相隔兩地無法結合而產生思念之情。因為兩個這麼有畫面性的名詞，自然會讓我聯想是兩個名字，而且恰恰好是兩個個性南轅北轍卻心心相惜的朋友。

一如杜甫和李白。

如果這是兩片風景，那時間點上一個正好是四季的開始：春天，一個則是一天最燦爛卻最短暫的日暮；空間上一棵樹依傍著大地生存，穩當牢靠，一個卻像天邊的雲隨處漂流，好不自在。

不管怎麼看，這個成語根本就是在寫兩個毫不相關的人或景嘛，在字面上完全讓你無法想像其實這是杜甫寫對李白的思念。

國文小常識：典出於杜甫〈春日憶李白〉：「渭北春天樹，江東日暮雲。」字典上頭是這麼解釋的：杜甫在渭北看到春樹，便憶起在江南的李白見到的是暮雲。後便以春樹暮雲為思念遠方友人之辭。

總覺得字典的解釋少了點什麼。

雖然杜甫也寫著如「死別已吞聲，生別常惻惻」或是「故人入我夢，明我長相憶」

思念李白的深情詩，雖然用情真的很深，但都沒有這「春樹暮雲」好，意在寫思念，卻只用了兩個風景畫面，卻道盡了朋友之間的千言萬語。

沒有拖泥帶水的糾纏，沒有淚眼婆娑的不捨。

即使樹與雲個性迥異，各自的人生風景也不同，雖然生命多是身不由己如飄蓬，但能在茫茫世間中相逢一二知交，即便遠隔兩地，即使聚少離多，那惺惺相惜的相知相惜，也值得一個人在燈下微笑思念吧？

你們不一樣，友誼與你們而言整個就是兩個字：熱血。

今年三月二十九日舉辦成年禮前，每個人寫一封信給十年後的自己，偉菖那封信大約是這樣寫著：

十年後的柏仁是不是還是像現在一樣搞笑？傑民是不是還像現在一樣的悶騷？十年後的我們還會像兄弟一樣嗎？

十年後，四十七個人相約要一起拆這些信。十年之間想必各自天涯海角，絕不可能再在同一間教室為了打擊一頭考試怪獸而一起努力了！那樣的友誼就會漸漸走向杜甫寫的春樹暮雲，即使不在同一個空間，也會在樹下憩息時望向遠方的雲彩想起一個個曾共同熱血過的兄弟朋友！

那天四十七人中有人心情微恙，告了假說獨自要去找專家聊天。一節課的位子都是空空的，傑民心也慌慌的，一下課就偷偷的約了鈺翔去偷看專家和微恙的某人。在偌大的走廊看到兩個人輕聲躡腳的，伸個頭看看窗子裡，彷彿看到了也就心安了。

很奇妙的感覺。杜甫和李白。春樹和暮雲。傑民和某人。

有一種隱隱的牽繫，出現在下課抱了球就知道一起要去哪；出現在下課手機一拿出來就知道要一起分享哪個遊戲；知道當彼此用力擊掌的當下到底傳達了什麼。

朋友之間絕不只有淡淡的思念，那思念的線能拉起春樹和暮雲時，其實彼此已是熱血的一起揮汗打球，一起拔河拉一條大粗繩一條心，一起奮力早起提起精神只為到一間教室四十七個兄弟們一起朝同一個目標攜手前進！

十年後，不管你們變成什麼樣的人，不管發展或個性多麼不同，熱血年代的友誼會是讓人刻骨銘心的！

夏日大三角

#知識

知識對於你們而言就已經是有用的東西了，因為你們藉著知識解決了我的疑惑，也讓我不只是耽溺於片刻的美好。

昨天晚上天空特別清楚，雲層淡淡，夏日微風輕輕吹拂，七時許騎車經過關渡平原。

一抬頭就看到「夏日大三角」安安靜靜的拉成一個完美的直角三角形。一彎上弦月就斜倚在寶藍色的絲綢上，觀音山放下柔美的髮梢優雅的橫臥在溫軟的平原上。月光，將一切的浪漫唯美照亮的恰到好處。

是月光讓一切恰到好處嗎？還是恰恰好的時間點上，讓我和一切美好相遇呢？

那是美嗎？那樣的美是自然的現象嗎？還是身處在宇宙中的我和上帝的自然相遇呢？我無法形容夜晚七時許呈現在眼前的世界，一切是那樣的完好自足卻又可遇不可求。

渺小的我對無盡的未知究竟能解釋什麼？就是因為人是這樣的渺小，小時候的我更想藉著了解很多很多事而讓渺小的自己更壯大。從小爸爸就喜歡買一本本《二十萬個為什麼》給我，因為我太喜歡問問題，為什麼為什麼為什麼？

對太多事情好奇讓我不斷的發現這個世界真的很有趣。有時是知識帶來的趣味，有時是小問題滾出大問題來的連環效應，我想破頭也無法解決的問題，若有人能帶來知識替我解說為我解決，他就是我的偶像。

還好這是一個理性與感性的世界。

在規律的運行中我們能夠將現象歸納或演繹成知識。因為這是理性的世界。我們也能夠將主觀的細膩感覺透過客觀的觀察分析或類比，讓一切看似無法解釋的美與醜得到各自的答案。都是藉著追求未知好安撫內心的好奇，於是，便不停地渴求答案好安置在內心的空位吧！若心中沒有空缺想必也不會為了追求答案而一直打破砂鍋問到底吧！

小時候對知識有興趣往往就是這樣的開端：抬頭看天空，無邊的宇宙之外到底有什麼？小時候你們也是這樣嗎？現在的你們被一張張的考卷壓的喘不過氣來，對知識的好奇還會像小時候一樣嗎？

今天問起你們「夏天大三角」和「上弦月」的事，我無法確定為何這麼美的景致會出現在昨天晚上七時許？你們很認真的回答我最基本最基本的地科問題，你們說：先從農曆十五前以及上半夜得以了解這確定是「上弦月」。

至於夏日大三角呢，是由天琴座的織女星、天鷹座的牛郎星及天鵝座的天津四組成，其中織女星位於這個三角形的直角頂點上。這三顆星分別是它們所在星座中最明亮的星。

哈哈，我問得認真，你們回答得更認真。

知識對於你們而言就已經是有用的東西了，因為你們藉著知識解決了我的疑惑，也讓我不只是耽溺於片刻的美好。

月亮、星子、平原和觀音山，還有這個時光，我無心的抬頭，看到了億萬光年之外的天空，恰恰好各安其位，既浪漫卻又理性。眼睛所能看到的到底代表著什麼？今天你們回答了我的問題。有一天，你們的所學也會回答你們自己提出的問題。

探奇攬勝者

勇氣

飛機航程還有很長的距離，前方可能的亂流難免造成大家的擔憂，但是，我卻透過你們的眼神看到純粹的勇氣。「哇哇！！這哪裡來的勇氣呀？」

「哇哇！！這哪裡來的勇氣呀？」
我常不停地問自己，到底是哪裡借來的勇氣讓我完成了一些意想不到的事情。
其實我是個膽子非常小的人，小時候甚至不敢關門洗澡。家裡浴室有一扇高高的透氣窗，媽媽總說那透氣窗不能關，以免在完全密閉空間裡易產生二氧化碳中毒危險。每每邊洗澡邊直盯著氣窗看，總覺得一定會有什麼怪物趁我不注意時跑進來嚇嚇膽小的我。我心裡愈害怕愈覺得一整扇窗都是黑影幢幢，什麼恐怖的事一定都會在這扇小窗發生。其實，等到了現在雖然什麼也沒看到，也還是會習慣害怕這扇高高黑黑的窗。

有時候甚至會坐在馬桶上一個小時也不敢拿蓮蓬頭洗澡，又想著什麼水怪會從像電話筒一樣的蓮蓬頭跑出來和我說：

「hello！！！～～～～」

那水怪一定長得軟綿綿的一點都不和善。害～～怕～～呀。

「吼～惡人無膽呀！」到現在弟弟還常拿這個來消遣我。

還有還有，千萬別叫我看個恐怖片或鬼片了！那簡直是對電影院觀眾的聽覺虐待呀！

可是這麼膽小的我卻又敢一個人到處旅行一個人向帥哥搭訕一個人住鬼影幢幢的飯店！

其實我還是膽小得很，只是為了能善盡身為地球人的身分，多看看這世界的奇特風景，就這樣二話不說硬著頭皮勇敢的向前方走去。一旦出了家門走向未知的世界，就不要擔心未知的恐懼，因為到頭來只要有信心，相信自己終能克服任何阻礙，心裡的勇氣自然受到召喚。

恐懼其實是想像出來的陰影。

在許多想像的危險與不確定中，恐懼自己的能力不知是否能夠迎刃而解，這個也煩那個又憂，還沒發生一切就開始擔心一切，於是，因著不敢嘗試錯失很多磨練的機會。

甚至每一次創造嶄新自己的機會。

郁永河在《裨海紀遊》裡寫道：「探奇攬勝者，毋畏惡趣；遊不險不奇，趣不惡不快。」難怪當時的他願意到當時的險境——臺灣完成採硫的工作。他的心原來是從不怕惡劣的環境，因為他相信，只要他能一一克服，伴隨而來的樂趣自然讓他永生都不會後悔呀。

誰知道此去會不會真能平安地到達目的地，能不能平安的回到家鄉，若失敗怎麼辦？會不會白費力氣和時間呢？

今天下午走進教室，轟轟的冷氣聲繼續對抗著戶外的炎炎日頭，像一架波音747噴射客機載著四十七名旅客即將橫越太平洋，航向新大陸。

經過長途旅行，你們的眼神雖然有些疲累，當機艙長透過麥克風向艙內旅客廣播要大家回到座位繫緊安全帶，隨時注意前方即將通過亂流區時，你們迅速回到自己的位置一一按照程序進行。

飛機航程還有很長的距離，前方可能的亂流難免造成大家的擔憂，但是，我卻透過你們的眼神看到純粹的勇氣。

就是勇氣。

安定而純粹的力量。

足以擊垮恐懼的力量。那是黑窗前的不敢開門洗澡的孩子在旅行中找到的巨大的自己。

How Deep is Your Love

音樂

當我們思念彼此時，記得一起唱過的歌，那裡會為我們封存生命美好的記憶。

這世間可以沒有音樂嗎？我不知道。至少我不能沒有音樂。

不能不去唱 KTV。不能不去聽音樂會。不能禁止我在洗澡時大聲唱歌。

從小在天主教學校接受教育，唱聖歌是我道理課程中最喜歡的時光，平安喜樂的心就是從唱聖歌時開始感受到的。音符的柔和平靜提醒了我溫柔慈祥的天父正在對我說話，每一個音符我都用心地唱，用心地聆聽天父對我說的話，很容易在歌聲中自我陶醉，情感也往往能生動自然的表達，喜歡音樂便是這麼自然而然的事。

你們也像我一樣非常喜歡音樂吧。

不管是 i-pod、mp4 還是 i-phone，下課總看見你們塞個耳機寫作業，不管是不是熱音社、吉他社還是流行音樂社，音樂都是你們共通的語言。隨著旋律搖頭晃腦，眼睛便不自覺閉了起來，那一刻只有音樂和自己，和平的啟示，靈魂的出口。

你們也喜歡唱歌，只是很不習慣只有一個人唱歌的歌聲，聽到你們塞耳機唱歌時總是很小聲很小聲，但是一群人在一起唱歌時你們就比較有安全感，比較敢大聲唱出聲音來。

之前的班際合唱比賽就是一次需要大口張嘴大聲唱出聲音來的歌唱活動。

其實，準備這個活動我比你們還興奮。那讓我想起自己學生時期參加的合唱比賽，指定曲和自選曲各選一首，清一色的藝術歌曲，像《當晚霞滿天》、《遺忘》、《送別》、《憶兒時》等，每一首歌的歌詞至今我都還能琅琅上口，隨著音符流洩的年少情懷，至今只要我唱在口裡，我就能真切回味且回味無窮。

不像你們現在的合唱比賽多從流行歌曲尋找喜歡的目標，只要能符合大家的年齡，喜歡唱什麼的共識比應該唱什麼的制式更為重要。

所以，你們選擇了Bee Gees〈How Deep is Your Love〉！哇哇，乍聽你們的高級選擇，老實說，我倒抽一口氣，這這這，這是我高中時期最喜歡的偶像團體ㄟ，也是用零用錢買的少數幾張黑膠唱片之一呢！這首歌曲一來飆高音的很，二來這是情歌中的聖品，細膩迂迴的情愫你們這些大男孩如何懂得詮釋呢？這麼抒情又深情的歌居然是你們的最愛！

不過，這真是一首非常好聽的西洋音樂，一路聽你們練習的過程真是一種享受，從剛開始四十七個人唱得像陽剛味十足的軍歌，看你們先在周記上一行行的翻譯，再聽你們走上講臺一行一行的解釋其中的意涵，光是剛開始的這一段，真的美得像一首詩：

I know your eyes in the morning sun
I feel you touch me in the pouring rain

And the moment that you wander far from me
I wanna feel you in my arms again
And you come to me on a summer breeze
Keep me warm in your love and then softly leave
And it's me you need to show
How deep is your love

光是解釋什麼是" I know your eyes in the morning sun，I feel you touch me in the pouring rain" 就充滿了意在言外的詩意了。

在男生的歌聲中委婉的頌讚著他對所愛女人的思念和渴求！而且還有那麼一絲可愛的霸氣" **And it's me you need to show，How deep is your love**" 哈哈，愛情呀愛情，這真是合唱練習期間你們四十七個人的課題。還好，四十七顆心是用音樂感受「愛情」這個既惹人愛又讓人生氣的小玩意兒，不要擔心她會傷害你或讓你朝思暮想的。

其實只要愈唱愈好聽，愈動人，愛情這個小東西就能夠藉著音符讓我們體會她的各種姿態。

I really need to learn
Cause were living in a world of fools
Breaking us down
When they all should let us be
We belong to you and me

果然，你們愈唱愈好，愈能走進如詩般的歌詞，47人的陽剛世界逐漸挖掘了細膩抒情的詮釋，比賽當天，臺下的老師說：

「**你們的歌聲讓我感動得流淚！！**」

那已是數不清的課堂和課外時數練習的結果了，現在的你們還記得嗎？

要能清楚詮釋音樂的真實情感得透過多少發聲訓練和合唱的整齊要求，再一步步要求體會歌詞的情意，感受音樂的詩意呢？當時聽你們在臺上專注地看著指揮唱出你們的歌，之前我所懂得的 Bee Gees《How Deep is Your Love》已經被我忘的九霄雲外了！

我們每次坐遊覽車出門玩耍，都會盡情的將車子當成行動 KTV 一路唱到回家！最後一首歌一定是我們的班歌《國旗歌》。但也總不想就這麼唱完，所以，總會說：下次一定要專門包一輛遊覽車載我們一路只是唱歌，唱到沙啞為止。

一路就是要大聲地唱歌。

當我們思念彼此時，記得一起唱過的歌，那裡會為我們封存生命美好的記憶。

薔薇騎士

#位置

當薔薇需要靠著牆邊安靜的像個隱士時，親愛的薔薇騎士，你的心裡的那株薔薇就要勇敢地將她搬走。留一個位置給自己，也給需要新生命的她。

前兩天聽說中度颱風天秤要來，不但菜價上漲到素菜店老闆暫停營業，連我愛吃的蚵仔米線也看不到可愛的香菜！天呀！居然是九層塔！

真希望這些天災人禍都不要來。

不是香菜的問題，是無法預知的困窘即將考驗著每一個人努力維持原來世界的能耐。

前幾天一個朋友秀張新聞照片給我，照片中有一位歐巴桑撐著一把破傘艱難地從大水中赤足而過，「就是一張颱風新聞嘛！」我無所謂的說。

「這是我媽呀！」她哭喪的一張臉。接下來我不知道該怎麼安慰她，那是她在無意間蒐尋奇摩新聞看到的。因為接二連三的颱風已經即將侵襲臺灣，在臺北的她無法制止颱風侵襲新竹的老家。無法制止大水淹沒她的家園。她只能勸父母先趕快撤離原來的家，等颱風過去再一起回去重整家園。

我們在走廊的花花草草因為風雨也需要換個位置了。走廊的薔薇從靠太陽的方位換到吹不到風的位置，此刻正以安靜的姿態等著下一刻的盛放。

剛剪了老枝和凋萎花萼的薔薇，乍看還真讓我以為是株新買的好看植物，綠油油的葉配上挺拔的枝枒，有種溫潤如竹的氣質，靜靜靠在門邊，像個隱居的紳士。我以為是誰買了新的盆栽。

靠在牆邊微暗處的一片碧綠和陽光花壇下粉嫩嬌媚的花蕊，原來都是同一株薔薇。

薔薇騎士說：我的薔薇終於還是謝了。就讓她暫時離開陽光的所在，安靜地在牆角憩息吧。

等待盛放的心情，是薔薇也是此刻照顧她的你的心情。你在牆角看著她，每天小心翼翼地給她澆點水。

這株薔薇是你的最愛。當初將她搬上來時，她正帶著幾顆含苞待放的心，嬌嫩的模樣真是人見人愛，我們選擇靠近陽光的位置讓她恣意的開花，在陽光下她就像個等待愛情的女孩，微醺的粉紅小臉適合每個經過的人們的讚嘆。你默默地照顧著她，不小心被她多刺的手臂傷害到也毫不介意，一心一意只想著她在你心裡的位置。

那陽光下獨一無二的位置。

她幾乎就是你全部的陽光了，即便是她美麗的微笑隨著夏日將盡一一枯萎，你也以為那都是你的責任。你為她感傷，為她寫詩，整顆心都被歉意和遺憾所佔據，你在上面寫滿和她的共同回憶，沒有一絲一毫留給自己以及未來。

你說：「要尋回那過去一季盛放的薔薇，並將她永遠植滿我心。」

你依然每天在陽光的走廊下繼續澆灌期待的雨水，期待她粉紅的微笑在陽光下永不凋零。

你多麼不願意修剪突兀的枝枒，怕傷了她，不願意摘去枯萎的花萼，怕逝去的情感真的一去不回頭，更不願意搬動她在你心裡的位置，深怕搬動之後你的心也要空了。

我給了你一把剪刀。

「趁颱風來之前趕快剪一剪吧！」我說。

那驚人的颱風即將來臨，若讓薔薇永遠待在原來的位置不願移動，只怕風雨過後葉落枝移的慘狀讓你更難消受吧。

曾經陽光的位置並不是永遠的位置。

當薔薇需要靠著牆邊安靜的像個隱士時，親愛的薔薇騎士，你的心裡的那株薔薇就要勇敢地將她搬走。留一個位置給自己，也給需要新生命的她。

大葉合歡

好簡單

風景裡寄存的永遠是最簡單的微笑。

風景裡寄存的永遠是最簡單的微笑。

窗外透亮的小巷還在睡夢間，只有遠山的光影漸漸轉醒。

今天適合睡久一點，適合不要說教，適合在對社會的憤怒與無感的安靜之間和自己相處。

落地窗前剛經過一個騎車的年輕人。淺藍色的車衣鵝黃色的帽。恰巧是我喜歡的顏色。

清晨六點的周末。想騎車還是爬山呢？都好都好。就是不想打開村上春樹的小說，悲傷的本質裡自然領略深刻的人生意涵，今天的天空和今天的我就是無法體會。天空的色澤很簡單，淺淺的藍。淺淺的雲。乾乾淨淨的時間。無心出岫的靈魂。昨天的傍晚整片艷麗的藍紫色，層層籠罩著颱風剛過的驚恐。今天此刻一切都已經走遠了，彷彿颱風是暫時遠離了。

當下風和日麗。

梳洗收拾看份報紙，留一壺打好的百香果優酪乳在桌上，身體微恙，決定簡單散步。

不用什麼裝備，帽子在頭上，鞋子在腳底，口袋有零錢，兩手空空，出發。

沒有情緒的時候身體也簡單了起來，就是慢慢地走路，慢慢地呼吸，走過早餐店我現在還不餓所以沒有買什麼的情緒，和老闆點個頭老闆也微笑著表示懂我的意思。倒是有點口渴就走進7-11買了兩瓶茶飲料，當成啞鈴沿途甩甩也不錯。

抽到四九折。哇哇。好樂喔！！

新北投捷運站前旅人已經三三兩兩的聚集，自行車隊已經從新民路上陸續滑了下了，在十字路口前有隻黃金獵犬向我微笑，我想起一位朋友的狗狗。她在時也是這樣的陪著我們微笑。

溫泉博物館前有幾株大葉合歡，初春時垂掛滿樹的豆莢，夏季都成了閃亮的嫩綠粉撲，飄來的香氣也有著迷人的甜香。我在大葉合歡前站了好久。享受此刻的芬芳，隨風傳來忽遠忽近的香甜氣息，這是我之前不曾注意的味道。

新北投公園裡還有很多美好的風景，從清晨到夜晚各有風情，此刻大葉合歡的美好讓整個思緒都沉浸在淡淡的香甜中，簡單地享受著和她此刻的巧遇，池塘的倒影裡有些飄落的光影，像此刻微微起伏的心情。

拿起相機留住這美好的一刻，微笑的老闆，微笑的狗狗，微笑的大葉合歡，泛起心湖的淡淡雲影。

簡單的框起了時間的一部分，週六的清晨。

風景裡寄存的永遠是最簡單的微笑。

微恙的身體不在其中。

雨與彩虹

#冒險

你們呢，推門出去不見得都是一條條筆直的康莊大道。眼前還有許多連氣象局都無法預測的窮山惡水，當然也有令人驚喜不已的雨後彩虹等著你去收藏，一起去冒險吧！

一早起來天空居然陰陰的，頗讓人傷腦筋。沒有下雨的臉卻像是隨時就要大哭一場了。

聽說天秤颱風已經暫時遠離臺灣，下一個布拉萬所帶來的藤原效應可能會讓天秤再度回來。誰能告訴我今天到底會不會下雨呢？

今天到底適不適合騎車呀？今天路面會不會太滑呢？會不會騎了一半就開始颳大風下大雨呢？

會不會其實這一天都這樣陰陰涼涼的沒有陽光，結果是最適合騎車的一天呢？氣象局預報員只說今天天氣極不穩定，溫度是攝氏二十八度到三十四度，中南部及北部山區民眾仍須嚴防豪雨及海水倒灌。這麼專業詳細的氣象預報，各地都應嚴防颱風的外圍環流！

但是卻獨獨沒告訴我今天到底適不適合出門騎車。現在看起來天氣還不錯。出發吧！還是出發吧！既然天氣根本就是無法確定，先出發再說。

準備好雨衣毛巾水壺當然還有喜歡的小零食及iphone，想想也許今天如果運氣好一直都沒下成大雨，就將整個臺北盆地的環狀腳踏車道給完全征服吧。算算自己一直還沒完成南港福德坑那一段，也許今天就是終結臺北盆地的好日子吧。

那若雨隨時就下了呢？

那那那。就找地方躲雨呀。能夠預期的就是準備雨衣和安全帽，其他的有關落雨或是落雷的預言，真的就不適合在出門前想破頭了。

小心騎就是囉。

朋友在電話裡叮嚀再三。前幾天他才因為騎車受了傷，車子卡四輪車下，現在的他心裡的恐懼還未撫平呢。

打電話給住在彩虹橋的好朋友，那兒本是我的目標地之一，沒想到他那兒突然已是狂傾的大雨。他建議我還是轉搭捷運回家，看來今天的天氣就是這樣陰情不定，不要再騎啦！他說。

終於還是在大直橋前大佳河濱段開始飄起雨來，前方成美橋段的烏雲愈來愈沈重，看來這樣的情勢姑娘我鐵定還是會遭遇大雨的襲擊，只是被襲的時間多寡和慘烈的程度而已。

先找個水門口躲躲雨吧。騎出水門就去看個早場電影或大吃一頓早餐也不錯，總之先躲個雨吧。

沒想到才五分鐘不到，傾盆大雨頓時安靜了下來，幾滴輕灑的水珠兒居然還伴隨著破雲而出的陽光。

這真是老天爺賞的好臉色，當然待會兒他還是可能變了臉，不管了，回去繼續的行程。

經過大直橋前又是細細飄著雨，陽光溫柔的陪伴讓天際逐漸泛起一道美麗的彩虹。

雨和彩虹。恰恰好的落下與升起。慢慢在藍天畫出七種顏色，一條一條不疾不徐自然畫成一道橋。然後，又在河上繪成另一條彩虹橋，天上人間，此刻都在我的眼前。

若我沒有機會遭遇這場驟雨，若我沒有繼續驟雨後接下來的行程，若我，根本因為今天的氣象以致害怕出門，今天這場意外相逢的美景就不會看見！

誰知道這場彩虹秀足足上演了一個燒餅的時間。我因耽看這場美景根本無心享受我的燒餅，只知道吃完了一整個長長的燒餅，我的彩虹才逐漸遠去。

繼續前行的路還是遭遇了好幾場的驟雨。今天我終究還是沒能完成終結南港福德坑自行車道的計畫，還是敵不過驟雨模糊我的眼鏡，而抱憾於我的眼鏡無法自動除霧或者應該放置兩支自動雨刷。

今天的美景絕對值得全身噴成泥漿的模樣，這真是出門前完全沒想到的兩個結果。

你們呢，推門出去不見得都是一條條筆直的康莊大道。眼前還有許多連氣象局都無法預測的窮山惡水，當然也有令人驚喜不已的雨後彩虹等著你去收藏，一起去冒險吧！只要騎出去，這一路都會是讓我們充滿感動的美好與紮實的磨練。

只是出發前一定要檢查行囊裡的必備用品準備齊全了嗎，下起雨才可以不怕雨，肚子餓也有乾糧可以充飢。帶著一顆冒險的心，可以看到更大的世界，也可以發現自己其實也挺厲害的喔！

好多學妹

#速度

清堯說：老師，今天進校門看到好多（學）妹喔！真是美好一天的開始！

離開學校只剩四天了，七點半到教室的時候已經有二十個同學坐在自己的位置安靜讀書了。

說好要帶早餐來給自願來校讀書的同學，準備三明治的份數是眼前到校同學的兩倍，高高興興的每人拿了兩份美食，有人說剛好也把午餐準備好了，大家就這麼邊吃三明治邊聊聊天。

今天也剛好是小高一新生訓練的第一天，隔著兩棟大樓的校門口此刻也開始熱熱鬧鬧地擺攤，準備下午的重頭好戲——社團博覽會。

清堯說：老師，今天進校門看到好多（學）妹喔！真是美好一天的開始！吼！！難怪，剛在走廊牆邊趴著一群老學長，原來就是在遠眺第一棟樓（學）妹的你們喔！！

才覺得與你們初次見面的高一場景還在昨日，怎麼一轉眼你們就來到這棟高三老人院了，這成長的速度會不會太快了呀？

還是時間過的就是這麼快，快到叫人連成長的速度都慢不下來呀？

想想我自己心裡其實還住著一個小孩，想要她跟著我身分證上的年紀一起成長，她卻是一點都不急呀。

然而，自從開始在職場打拼之後，那成長的速度之快，快到要拉她慢下來她理都不理你的兀自往前衝去。一下子就變得非常世故、世俗又圓滑。

一個小女孩騎著單車跟在爸爸後面到河邊釣魚。

一個學著和資深作家學者打交道的菜鳥編輯。

雖然接下來的兩年來回奔波還是依靠 50cc 摩托車代步，從開始到報社上班的第一個月我就迫不及待的考了汽車駕照。拿到駕照的那一刻才真的感覺到我那遠大的夢想終於看得見啦。手握方向盤是我的夢想，我要自己開車環遊全世界。

而且夢想中的車是紅色跑車，時速絕對要超過 200。

這個夢想至今當然還未實現，每天陪伴我四處闖蕩謀生的是一部銀色 Toyota，他很平穩省油，讓我更大膽的練習用力踩油門，有時追求跑車速度的夢想就這麼自然而然地顯現出來，超一部車，超兩部車，行駛快車道也自然而然地加快速度。好過癮呀！

過癮到最近接連收到三張超速罰單！罰得我自己都不得不檢討我的超速習慣。

我那樸實穩重的 Altis 當然不會對我有怨言，即使是我隨興所至的超速讓他的個性也一下子變得毛毛躁躁起來，他也依然保持他不追求速度的老實本性，不管我想怎麼快，他那厚重的油門就是不讓我稱心如意的踩到底！

有時讓我意思一下超個十幾公里，但縱容我的結果就是損失我無辜的銀子。

再這樣超速下去，小心連自己的生命安全都會受到威脅的！我的好友終於對我發出狠話了！快不得，快不得呀！

手握方向盤的時候就要時時提醒自己：穩定的掌握速度，不急躁的前行才能平安抵達目的地。

成長本身不也是如此嗎？

身高體重總是由不得你，想急也急不得，想慢卻又慢不下來。從高一走到高三，從對陌生環境的好奇進化到對陌生學妹的好奇，這一路的進化過程，有時想慢下來讓第一次的相遇第一次的牽手第一次的上臺表演不要匆匆離去，有時又有想加快油門好讓一切的生澀或一臉的青春痘都快快揮去。

成長的油門一旦踩下去，就是這麼追著大人的腳步一路的開出去了，還好的是，記憶的匣子裡總有一個自動控制速度的密碼，只要你還記得這個密碼，心裡的小孩就會慢慢地跟著你，不管你跑得再快，山路再多曲折，某一個轉彎處他還是會等著你，邀你到樹下休息休息的。

發球恐慌症

初衷

於是，現在的你就像站在發球線前的我，開始必須一球一球的處理基本問題，不要再去問當時的自己為什麼沒有立下偉大的初衷。因為，現在的決心就是未來人生的「初衷」！

最近一直對站在發球點感到恐慌。
怎麼打了半天的球，最大的問題居然回到最基本的發球！
明明是曾獲羽球社會丙組男女混雙冠軍的我（民間球場版），好歹也是拿著冠軍球拍打球的厲害耍狠咖，最近怎麼頻頻在發球點上給對手這麼甜蜜的好球！

吼！不是發得太高讓對手就在球網前歡喜的殺得正著，就是莫名其妙地發不進合格發球範圍，眼看著對手那偷笑的嘴角又再一次揚起！發呀發的真想罵人（罵自己啦！）。

這件事變得有點沮喪，連作夢都拼命練習發球。雖然經過球隊隊友的指點稍微穩定一點，但發現這問題其實不是不會發球，而是積習已久的老毛病——握拍的方式根本不對！那第一名是怎麼來的？如果不是我很厲害怎麼會拿到呀！！（明明是我的隊友很厲害的這點，我真不想承認……）

這得重新回到原點一步一步的矯正。隊友說。

我的積習真的很深很深啦！好吧，這點我得承認，這是問題的原點也是我一直就知道的問題，問題是，我卻想用更好的球拍或更好的隊友來掩飾我的積習！我不想再從原點開始學起啦！！平平我也是已經拿到社會組冠軍的咖啦！

直到那天看到奧運轉播，連打進前四強的黃金女雙程文欣在發球時也都會頻頻出包呀！我才發現原來她也會有這樣的問題！這對她這麼厲害的國手來說，最沒問題的不應該就是站在發球線前面嗎？

我想想，原來不是厲害的人就代表站在發球線前就保證沒有任何問題！雖然發球是得分的第一步，但不表示「開始」這件事就是最簡單的事。

如果一開始腳步就沒有站穩，基本動作都沒有到位，接下來想完成的任何動作只怕會更加艱難！於是，我回想自己是怎麼開始喜歡打羽球的。

N年前莫名其妙的一場學校球賽得到女雙殿軍（應該只有五隊參加吧！）後，從此就一直以為自己很會打球。當然，各種羽球基本動作從來也沒有好好認真學過，打打玩玩的也過了好幾年，說是愛羽球是我的初衷，這就太言重了。

原來「莫忘初衷」這件事也不是隨便說說，她就會自然成為真正不該忘懷的「初衷」！那得要真正成為自己心中的起跑點，知道自己在這裡開始打下一個木樁，確立一個目標，知道當自己開始往前瘋狂奔跑忘記為什麼會來到這個陌生地方時，能回頭清楚看到那個木樁！

我就是沒有立下對羽球的初衷！

若只是抱著玩玩的心情一路玩下去，自己到底能不能突破發球點這個瓶頸只怕我也不會太在意吧！現在就立下還不會太遲吧！只要開始站在起跑點，看見自己當下的決心就是此刻的初衷。

還記得你們剛踏進藍色大門時的心情嗎？也許你已忘了當時的心情，也許當時的你還懵懵懂懂不知道什麼是未來三年可以期望的自己，於是不小心就這麼精精彩彩的過了兩年。現在的你們面臨升學的關卡，考試的難題讓你們頭大。

你說：分數活生生的「踐踏」著你們的努力，對自己好沒信心喔！

於是，現在的你就像站在發球線前的我，開始必須一球一球的處理基本問題，不要再去問當時的自己為什麼沒有立下偉大的初衷。因為，現在的決心就是未來人生的「初衷」！

那些雄心壯志的初衷如果早早訂下，現在做的就是繼續堅持的完成它。如果發現其實自己連發球都不曾好好的練習，那就下定決心開始革除陋習，回到原點修正自己。

我想練就什麼樣的羽球技巧？先從發球開始吧。

你們想成為麼樣的人呢？先從面對自己，站在「攻擊發起線」開始吧！

※攻擊發起線為規定攻擊部隊，於指定時間通過該線發起攻擊，以管制攻擊部隊之前進，該線須便於火力協調，易於識別，概與攻擊方向垂直，並在我方控制下力求接近敵之陣地。

一天的暑假

知足

一起唱班歌一起跑步一起趴在走廊高牆上看新進來的眾多學妹們，
這些都會讓我們高興好久好久！

從小我就是一個容易快樂的小孩。

爸爸媽媽都是勤儉的公務員，省吃儉用的過日子對媽媽來說是她對自己的要求，對我和弟弟則是盡其所能地提供資源。我喜歡買書，想買什麼書媽媽都會買給我，但是真正看完的沒幾本；喜歡音樂，想學鋼琴古箏梆笛吉他，媽媽二話不說幫我付學費，但真正學到的只有皮毛，年少時陪我上臺表演的一把古箏至今還安安靜靜地陪著我。

我總是不滿足，沉浸在物質生活裡我有許多的要求，新衣服新鞋子新書包，用一用看膩了就擱在高閣上，家裡的開銷這麼多，媽媽在爸爸微薄的薪水中還盡量滿足我的需求，一句怨言都沒有，我能夠這麼快樂的做個花錢的窮小孩，其實是媽媽盡其所能的滿足我！

媽媽的衣服卻是數十年前的舊衣服，今天看起來仍然整理的和新的一樣，雖然樣式真的已經是退了流行。

原來，我的快樂是因為從小沒有匱乏的擔心！心理滿足是理所當然的結果。直到自己真的出來工作，必須自食其力時，才發現原來自己的滿足感是來自於母親完完全全的犧牲和節制。

爸爸的工作偶而需要到臺灣各地出差，回家時總會帶一兩樣好吃的名產，家裡很少到遠地去旅行，爸爸回來帶的名產就是我和弟弟真正認識臺灣各地的開始，現在到臺中一定非買正統太陽堂的太陽餅，到日月潭一定要吃文武廟前的茶葉蛋，這些東西至今吃起來都特別有滋味，都是因為小時候好不容易等到遠行的爸爸回家，開門迎接爸爸的時候看到他手中的小禮物都會迫不及待地打開，哇哇！那咬下去的第一口，真是人間美味呀！

許多珍藏的懷念多是因為心裡珍惜所以會珍藏這樣的感受吧。

想想現在還是對物質的要求有種習慣，不容易滿足於粗茶淡飯，每回上到司馬光的〈訓儉示康〉都會羞愧於自己的不夠節儉和節制，當然在如此物質的要求條件下，知足是多麼的不容易！

可是，在精神層面上我卻又是個容易滿足容易快樂的人呀！

和朋友能夠促膝長談，能夠一起打一場默契十足的羽球雙打，或是一起分享一本書或一部電影都讓我可以高興好久好久！

和你們四十七個人也是。一起唱班歌一起跑步一起趴在走廊高牆上看新進來的眾多學妹們，這些都會讓我高興好久好久！

昨天小蔣在FB上留下這麼一段話：「耶！迎接明天那號稱這暑假最像暑假的一天吧！」

今天天一亮我完完全全也有這種感覺，「哇哇！終於放暑假啦！」這樣快樂的感覺讓我持續了一整天。

當然，我知道那是因為這兩個月的暑假和你們一起度過了好多天到校苦讀的日子，今天，是完完全全有苦盡甘來的放鬆感，於是這一天的到來，我相信，不只是我，只要是堅持到暑假最後一天的你們都會深切的體會到的！

明天就是新學期的開始了，我又在煩惱我的上班服裝囉！怎麼樣才可以做一個對物質生活也容易知足的人呢？

孔子也是憤怒鳥

#可怨

因為我相信，這個不公不義的社會不能只是用貌似「溫柔敦厚」的鄉愿來掩飾它的野蠻它的無知。情感有許多的層次，不是只有沒來由的陽光快樂或深沉晦暗的藍色悲傷。

一個溫柔敦厚的人，千萬不要同時是一個愚笨而鄉愿的人。這樣的溫柔敦厚只是缺乏判斷力和道德勇氣的應聲蟲。這樣的溫柔敦厚，只怕連自己都聽不到自己內心的吶喊！

這樣的溫柔敦厚，只怕連孔子都要大聲的斥責說：你們真的讀懂了我說的「詩之教」嗎？

《論語‧陽貨》篇有一段你們都快考爛的芭樂題：

子曰：「小子！何莫學夫詩？詩，可以興，可以觀，可以群，可以怨。邇之事父，遠之事君。多識於鳥獸草木之名。」

今天的考卷又剛好遇到了這一題。題目問：讀詩究竟有什麼功效呢？孔子強調了這麼幾件事，這些你們都能倒背如流了，但是「可以怨」這句話究竟意味著什麼呢？

為了應付考試你們辛苦的背了下來，這題也許就能輕易的答對，但是我要說：孔子如果生在二十一世紀的蘋果時代，一定會化身一隻會打綠色小豬的超級「憤怒鳥」！

離開魯國，因為他憤怒；離開衛國，因為他憤怒；看見禮教之不興，他憤怒。如果他只會鄉愿式的溫柔敦厚，只知以博愛來寬慰朝臣的僭越禮教，那麼他就不會一心一意以「教育」小子為他一生的理想，更不會離開自己的祖國帶著眾小子四處周遊列國了！

我必須要面對我的憤怒，我無法違背說自己能夠接受社會上不公不義的現象，無法面對媒體壟斷的醜態，無法冷感於華隆集團員工的悲苦，無法接受政府無視於彰化溪州農民的抗議，無法噤聲於十二年國教的草率行事！

一股內心激起的怒火，來自於我內心真實的情感，我不能成為長期街頭抗議的示威群眾，不能成為血淚斑斑的革命烈士，但我要正視我的憤怒，用自己站在教育工作崗位的機會，用自己擅長的一支筆，化憤怒為大聲的呼籲和真切的批判。

因為我相信，這個不公不義的社會不能只是用貌似「溫柔敦厚」的鄉愿來掩飾它的野蠻它的無知。

情感有許多的層次，不是只有沒來由的陽光快樂或深沉晦暗的藍色悲傷。前者只要是無知者都能辦到，後者呢，只要眉頭一皺唉聲嘆氣就會感覺「莫名的」悲哀，這兩種情緒可以囊括整個娛樂圈或藝文圈，但卻無助於一個社會的文明！

難怪孔子會說詩——「可以怨」。一個寫詩的人若沒有屬於自己的憤怒，如何寫出內心真正的情感呢！

這個「怨」不是放火燒了無能政府的要塞，不是殺了背棄自己的朋友，而是真實面對自己的豐富的情感，以詩的文字意象來正視內心的波濤洶湧！

《禮記·經解》上說：「溫柔敦厚，詩教也。」一個國家的百姓，如果表現出溫和、體貼、樸實、寬厚的風氣，就是詩教成功的證明。因為詩經的篇章，流露出豐富的情感，使人讀來容易體驗人與人之間的親切關係。

當然這些「豐富的情感」，其中有一個就是怨悱而不亂的「憤怒」！

小宇宙

#安靜

安靜的小宇宙繼續沿著看不見的軌道運轉著。無聲無息，日昇日落，蘊含著一股巨大的力量。一個宇宙裡安安靜靜的被四十七個小宇宙環繞著。

一早進教室問了聲早安，看到桌上的化學考卷已經安安靜靜地安放在每位同學桌上。

打開我們前線的食物急救箱，兩個盒子裡塞滿了旺旺仙貝，安安靜靜地一早準備妥當的好意，只為大家增添果腹疲累的糧食，想必是那準備糧食的人很早就來了，而且是安安靜靜地將盒子填滿，等大家發現時，他卻笑笑說是：「喔！！那是昨天拜給好兄弟吃的啦！」

白板上的複習計畫安安靜靜地在不同的時間欄裡各司其職。當我們抬頭需要知道今天的考試進度時，已經有人安安靜靜地將繁雜的複習考一一安排好了，讓每個人可以輕易地掌握自己的複習進度。

對於未來的試煉便安安靜靜地減少慌亂的壓力。

安安靜靜的各司其職，是的，走廊的植物有人安安靜靜的依晨昏剪枝澆水，後門無法關上的問題，等學校半天都不見修裡的動靜，於是，便有人安安靜靜的削好一塊適宜的木頭，找來釘錘和釘子，將大家煩不勝煩的後門問題安安靜靜的迅速解決。

還有人安安靜靜地走到他人的面前，小心的推著書桌，輕輕柔柔的推著，直到喚醒還在夢著周公的同學。

一個人安安靜靜的面對自己窄窄的書桌，安安靜靜的思考這題數學為什麼不是那個答案，沉浸在其中的當下，天地只有這一題和自己的對話。數字公式邏輯推理，此時此刻讓一切沉澱，除了這一題。

也許窗外有推土機震耳欲聾的轟隆聲，也許隔壁的同學在不厭其煩的討論新手機的種種，也許其實昨天看了一則新聞對自己的震撼頗大，也許也許好多看似重要的也許……。

但是，此時此刻都不重要……

此時此刻，願一切多餘的話語都噤聲，願空氣中流動的因子都各司其位。當時間走到了位置，空間也安置好了，我們也安安靜靜的在偌大舞臺上找到自己人生的腳色。

內在蓄積的流動裡擁有堅硬如礁石的自信的和徐緩前進的自我要求，靜靜地和自己相處，於是最熟悉的是自己，最易掌握的也是自己。

安靜的力量真是無比的巨大。

一天八節課，終於傍晚五點了，走進教室看看你們，剛上完數學的你們還在繼續考試。

每個人都在振筆疾書，只有我開門的窸窣聲。我輕輕的關上門，走進安靜的小宇宙。

安靜的小宇宙繼續沿著看不見的軌道運轉著。無聲無息，日昇日落，蘊含著一股巨大的力量。一個宇宙裡安安靜靜的被四十七個小宇宙環繞著。內在流動的氣息。

歲月靜好。

神奇海螺

聽見

不過，我們還是相信其實只是這個女孩需要打進這個團體的方式。
那就聽聽屬於她的心情吧，至於要不要用嘴巴去解決這樣的海螺問題，
其實根本不是重點！

今天是開學日的第一個禮拜六，報紙早早送來了，濾泡式咖啡包還有一包，全麥
麵包放在餐桌上，終於有休息的感覺。
尤其是必須說話的嘴巴。

耳朵說：終於輪到我可以派上用場囉。

餐桌前好好享受著豐盛的早餐，聽聽喜歡的流行音樂，不必邊開車邊狼吞虎嚥的吃饅頭，終於暫時脫離一週五天天天有課，天天口沫橫飛無所不談的日子。

想想身為老師真的很需要說話也很愛說話，也已經習慣把話說成清楚明白又乾淨俐落的話，好讓臺下的觀眾和閉眼的聽眾能夠方便收看收聽，更習慣回答學生的各種疑難雜症，問題來了，不要擔心，因為做老師的即使沒有答案，也會一直提供有效的思考資訊或角度以供參考。

其實人生遇到的問題何其大何其多呀，做老師的哪能真的成為無所不能的超級「馬蓋仙」！

有時學會真的閉上嘴巴，用心聽聽他人的聲音，會比一直想著回應，想著給什麼逆耳的忠言有意思得多吧！

像今天就遇到一個連我也張口結舌的問題。一直糾結在要怎麼回答這樣的問題。

其實，這個問題一點都不大，而且非常的有趣。卻讓我們陷入不知該怎麼辦的極度困擾。

今天和兩個畢業已經快十年的學長約在學校附近吃午餐，一個是某大科技公司的新進工程師，一個是號稱鶯歌補教界的少女殺手，兩個也算是能言善道又英俊倜儻的青年才俊。

整個咖啡店就屬我們三個人的笑聲不斷，基本上都是愛說話又反應超快的三個人，從手機談到休閒活動，再從女朋友談到臺北車站迷路的糗事，很多的話語其實都是生活點點滴滴的分享，一個人有想法，另外兩個人馬上提出或無厘頭或有無意義也不在乎的想法。

但是談到了海綿寶寶「神奇海螺」這件事，大家可就是整個傻眼了！

五歲的差距，算不算代溝呢？

「當有一個小你五歲的女同事煞有其事地來到你面前，拿著一個超大海螺要你放在耳邊，然後煞有其事地問你：喂，你有沒有聽到什麼？請問呀，我是要煞有其事地把海螺接過來放在耳邊，然後說：喔喔！什麼？我聽到的是海浪的聲音嗎？」

這位科技新貴覺得自己怎麼才大她五歲，就已經完全不知道該怎麼繼續接手這樣的對話。

為什麼大海裡的神奇寶貝——海螺會出現在這麼現實的工作場景？為什麼一個剛出社會的女生會把海螺當成她進入陌生社交圈的媒介呢？

對一個海螺這樣的困擾，是因為這個學長發現「海螺」其實也是一個卡通的梗。他終於知道海綿寶寶有一集就是以「神奇海螺」為無厘頭的梗展開的情節，那這女生拿起海螺讓他聽聽難道也是利用這個梗嗎？他到底要聽到什麼？

究竟要告訴那新進的菜鳥女孩，他聽到海聲還是聽到神奇的海螺聲呢？他問我們。

當然，要我這個無厘頭的老師回答這樣無厘頭的問題，實在真是問對了人，因為我的答案還是無厘頭：「那去買個神奇海螺來聽聽看它的說法囉！」

不過，我們還是相信其實只是這個女孩需要打進這個團體的方式。那就聽聽屬於她的心情吧，至於要不要用嘴巴去解決這樣的海螺問題，其實根本不是重點！

重點是：你真的聽到了海螺以外的什麼心情？

於是海螺，便成為我們三個之間的對話關鍵字。
分手前，我們調侃著說：你為什麼不問問神奇海螺呢？

黑冠麻鷺的祕密

地圖

有些地圖根本標示錯誤，需要靠自己的經驗來重新設定座標，拿了地圖，也不完全需要依賴地圖，就這麼一路玩得高高興興，玩得收穫豐富。

開學日最有趣的不是發新書，也不是拿到新課表，相信你們會由衷的笑掉大牙的事，就是新來的小學弟妹們會害羞地跑來向你們問路。

「對不起，請問南樓是哪一棟樓呢？」

他可能真的在這偌大的校園裡迷路了！

他忘了原來走過的路是不還是這一條？要去買自助餐的路怎麼走了半天還走不到呢？眼看上課時間快到了，他怕自己會回不去原來的教室！

熟悉的你當然輕易的就把最快的捷徑指示給他，「其實，你就一直走一直走，不要走走廊，不要轉彎，一下就到啦！」看著小學弟緊張猛流汗的模樣，你忍不住笑了出來，但也試著回想起自己以前是小高一的時候不知道有沒有也會緊張到迷路。

不管記憶裡有沒有這一頁，但從沒想過真的要在這個校園裡帶著一份地圖。以為一開始就是像現在一樣這麼熟悉。熟悉到閉著眼睛就可以移動到任何想去的地方。

其實一切都是從陌生到熟悉。從點與點，線與線，再拼湊成面與面的過程。於是一張心中的地圖終於完成。

學校都會在新生各班張貼一張簡易的校園配置圖，仔細瞧瞧，配置圖上的建築物都標示的非常清楚，地面的小徑不會一一標示出來，但你可以依方向循著大路走，如果一不小心鑽進曲折的走廊或是小徑時，那就得憑你剛剛的記憶，看看是否可以拼貼成最初的模樣。如果可以，那恭喜啦，這幅地圖的第一條線終於成行；倘若無法將原來的點與即將前往的點順利連成一條線，那也不必太驚慌。

因為，接下來的地圖線上你就會比別人多些有趣的私房景點。

譬如黑冠麻鷺在榕樹上築巢繁衍三代，榕樹下便便成堆的景點。

譬如，野薑花綴滿新北池畔的香氣小徑。

譬如，舊北樓廚餘回收桶前驚慌失措的恐怖灰鼠。

這是一座偶而會迷路的校園，但是是一座不需要平面地圖的校園，按圖索驥方便我們在上課之前按時回到自己的法定位置，不按圖索驥也不必擔心發生失蹤災難的遺憾。

校園需要另一種地圖，一種學習的地圖，一種初學者能夠掌握未來學習方針的地圖，一種進階者能夠自行標示學習關卡的地圖，一種高階者能夠自己畫下天空那北斗七星座標的地圖。

一樣不需要繪出小徑，也無須顯示前往私密景點的路途，知道這三棟學習大樓之間是要如何地來往，初階者拿起地圖便能一覽天下，能夠看到現在的不足和暫時的迷路真的不需要害怕，因為有了這張地圖，我們便知道其實下一站就一定會到達好吃的蓬萊排骨酥或是花生粉圓豆花啦。

只要堅持走下去，至於現在，只要好好吃著手上的這一碗阿婆甜不辣就對了！

今天一早，就是拿著一張北投溫泉季活動的過關地圖在玩耍。

一共三十六關，一關一關不是要蓋章就是要回答知識性的問題，我雖然住在北投也頗有歷史了，但是這裡有些私房景點卻是地圖上標示不出來的，我拿著過關卡一路吃一路玩，發現了不曾經歷的，也經歷了以前走過的地方。有些地圖根本標示錯誤，需要靠自己的經驗來重新設定座標，拿了地圖，也不完全需要依賴地圖，就這麼一路玩得高高興興，玩得收穫豐富。

當然不要一天就匆匆忙忙走完，還有好多景點等著我下周有空再慢慢地發掘囉！

愛抵達

寵愛

寵愛不是溺愛，不是氾濫成災的任意滿足，因為溺愛終究只會刻意掩飾孤獨與不完美，而寵愛呢，就是溫柔的只給你所需要的，擁抱你身上的傷口，讓你在如斗室般的懷抱中擁有全世界。

完全沒有想過有一天會離開愛的世界。
即使這世界真的隱伏著黑暗世界裡算不完的仇恨和傷害。
即使什麼時候它們像一把把的利刃竄出來誰都不知道，但我在一個小小的世界裡仍然衷心的信仰著愛。愛在我的世界是那麼自然，一切，也是唯一。即便看似是受了委屈或是排擠，我也會相信這些情節的發生不過就是愛的世界裡小小的插曲，不可能讓自己愛著所有的人，當然更不可能讓所有的人愛著我，即便愛仍然這麼不完美，仍然如此的需要加溫與更新，我仍然相信這世界並不會缺少愛。

記憶裡的童年充滿著愛的時光。

爸爸媽媽都是上班族，放學回家便只有我和弟弟讀書寫功課。記憶裡我們兩個喜歡玩一種扮家家酒遊戲，就是靠著牆壁蓋起自己一個人的小斗室，只要三片沙發椅墊就可以完成一個家，我可以準備禮物到弟弟的家拜訪，弟弟就會開門讓我進來，我們姊弟倆就在小小的斗室聊天喝茶，那種溫暖的分享至今我還回味不已呢！（不知道弟弟還記不記得呢？）

即使漫長的寒暑假我們都必須相依為命，即使爸爸媽媽都無法陪著我們，我們從來不曾感到孤單寂寞。那是愛，即便是只有一間小小斗室一個人也不會害怕的原因，愛一直在我身邊。

童年裡家人溫暖的陪伴，那是寵愛。

是寵愛讓我在生命中了解我也可以不完美，也可以耍賴，也可以放心在溫暖臂彎中張著大口，還流著臭臭的口水睡覺。

因為寵愛，我因此不會害怕，當自己面對這麼不完美的世界。

父母陸續讓我和弟弟養寵物，三隻哈巴狗，兩隻波斯貓，還有不計數量的籠中鳥，我們寵愛這些可愛的小動物，讓牠們一起睡在小小的斗室，牠們吃著和我們一樣的食物，跟在身邊如膠似漆。

當我們難過，牠們用大大的鼻子黏黏的舌頭安慰我們。

當我們離家，牠們用依依不捨的眼神提醒我們要早點回來。

我們的寵愛在牠們的身上也獲得同樣的無私回報。

這樣的互動，讓我和弟弟從小就養成喜愛小動物，也不喜歡傷害小動物的習慣。

也是這樣的寵愛，來自父母和手足；也是這樣的寵愛，我們喜歡有狗狗貓貓當自己的家人。也是有了寵愛，心裡的高牆便柔軟得像一隻黃金獵犬的笑容，習慣微笑，習慣看待自己和世界的不完美。

寵愛不是溺愛，不是氾濫成災的任意滿足，因為溺愛終究只會刻意掩飾孤獨與不完美，而寵愛呢，就是溫柔的只給你所需要的，擁抱你身上的傷口，讓你在如斗室般的懷抱中擁有全世界。

但不會買下全世界給你。

我們都需要被所愛的人寵愛，也需要寵愛所愛的人。

小時候父母給了我，小時候我給了狗狗。長大後，我依然相信我正愛著，也被愛著。

爽報與胖達人

流行

然後繼續在這個世界聆聽，繼續在這個城市遊走，走向流行的地殼區域，也拓展自己的生活視野，獲得更多生活的樂趣與創意。

對於時尚資訊我總是充滿興趣，不管是火熱的話題或是好吃的餐廳，只要開始討論我都會想知道。

可能是在報社待過的關係吧，蒐集資訊分享資訊成為我和世界重要連結的方式之一，也許那些資訊和我一點關係都沒有，但我很想知道，也已經習慣想知道，知道這世界除了我之外的人們都在想些什麼。

所以不用算命的告訴我，有一天我一定會成為智慧型手機的忠實信徒。

而且絕對會將祂的教義內容徹底的發揚光大。

譬如說新上映的院線片《犀利人妻》，大家的話題從電視延燒看到電影，我就急於想知道廣告是怎麼區隔電視版和電影版，如何行銷這部電視版的後傳，當然，我更想知道大家看完之後的看法是不是和我的市場分析雷同呢？

也許你們會笑我，為什麼不去BBS討論版看看呢？這裡有各種新奇古怪的輿論，代表的不只是多數族群，更是以不同的角度分享資訊。

是的，我也想過，要和你們一樣做一個忠實自己的鄉民，所以我也去看了《BBS鄉民的正義》，也衷心愛上這部以網路資訊世界為舞臺的電影。

只是呀，大概是到處蒐集資料的過程讓我上了癮，如果今天一上了BBS我就馬上能「略知天下事」，馬上就能以隱藏身分的方式放肆地加入輿論的現場，那真的反而對我缺乏吸引力。

也許就是喜歡「流行」本身的氛圍吧。

喜歡加入輿論流動的現場，喜歡真的走進眾人討論不休的好吃餐廳，喜歡拿起眾人趨之若鶩的流行服飾品頭論足一番，即使是真的去了發現真是大失所望，至少自己還是了解這地球的某一塊地殼突然極度受到人潮擠壓或人心極度傾斜的真正原因是什麼。

而且，我還是那讓地殼極度傾斜盲目群眾的一隻。最近又極度積極地蒐集7-11的憤怒鳥馬克杯。

家人一人一杯不同款式，現在看起來是流行，一到明日退了流行，就會成為我們共同珍惜的回憶。

哈哈，請不要笑我！這樣的追求流行，當然在你們的考試作文上可以儘量理性的批評與建議（這比較具有得高分的可能），但是，麻煩你們在面對我這個流行咖時，給我一些欣賞的眼神與認同的讚嘆聲（好虛榮的女人喔）。

你們忙於準備升學考試，連班上的臉書都鮮少有人光臨，更遑論對於沒啥營養的資訊會產生興趣（當然最近班上《爽報》的流動率與回收率也少了許多），偶而在課堂上提及最近輿論關心的話題，也一定會篩選到必須和時事、知識或教育有關。

那是刺激你們的思考，不讓你們在填鴨式的考試日子裡逐漸缺乏關心世界與思辨真偽的機會。

還好你們依然願意和這個世界產生著若即若離的連結，因為我愛流行，無法不談到「林書豪」旋風席捲NBA或是金鶯「陳偉殷」在大聯盟的表現。而你們呢，當然因為是我的徒子徒孫囉，談到這些話題你們不會嚴肅的制止我說：吼！老師，這不是課本的內容！不要浪費時間啦！（感謝你們如此配合啦！）

我當然不會告訴你們其實我還去逛了這一陣子挺流行的「胖達人手感麵包」，了解這家麵包店的麵包陳列的方式與試吃的大氣度真的令人難忘（對了，還有價錢的五星級！）；還去參觀了位於忠孝東路四段小巷裡的世界十大美麗書店——好樣本事VVG Something，木頭質樸的質感，書籍擺設的藝術氣息，一整個讓人感受到閱讀的舒適感。

走進這些流行現場，我可以大聲的說，臺北真的充滿了生命力和流行的話題！

這些是我追求流行的方式，還好我不曾喜歡追求流行名牌，也不會在意需要擁有衣食住行的時尚品味，生活裡的我只要像個報社記者，當大家說起哪一家蚵仔煎真的好吃時，我可以非常有興趣的衝去叫個一盤，然後在臉書上分享，然後繼續在這個世界聆聽，繼續在這個城市遊走，走向流行的地殼區域，也拓展自己的生活視野，獲得更多生活的樂趣與創意。

當然，也看看自己有沒有成為流行時尚教主的可能囉！

大熊學長

#記憶

大熊學長說：一開始的基本動作就要正確，不然練了十幾年的羽球還不如一個初學基本動作的小朋友。

當一個動作成為生命的習慣時，就像一個檔案正式存入資料庫裡，只要打入關鍵字，就會自動跳出你要的檔案模式。

譬如看到好友時會不自主地給予大大的擁抱，會習慣產生這個動作的人多半小時候就喜歡練習擁抱這個動作。

譬如微笑。

不管遇到什麼不解的事或麻煩的問題，嘴角的肌肉總是不自覺的呈現上揚的動作，這是因習慣所產生的記憶，讓心情一直記憶著陽光般的笑靨，所以連帶著臉頰的酒窩也因而記憶著誘惑人也在所不惜的醉意。

譬如打羽球的習慣動作。

當站到發球點時，不管對方是嚇死人的高度還是迷死人的架式，拿到發球權，右手提起球拍，左手銜起球毛，揮拍出去的動作就是平日練習的結果。如果平日的練習動作是正確的，那麼所養成的動作習慣就會是正確的，那揮拍出去的剎那就是平日記憶的呈現，基本動作愈正確記憶就愈深刻，動作的穩定性相對的也會自然升高，那種反應已經成為肌肉的一部分了。

就像愛也是需要練習。

說著愛的話語不是生來就懂得音調輕柔又質感貼身，不是嘴巴說著說著就自然會說進愛人的心坎兒底，然後，就能讓愛的人感覺真的好喜歡這種愛的感覺呀！

我們不是生來就會察言觀色還會不帶聲色的套出愛人的心事，當心愛的人其實心底充滿沮喪卻又嘴上不說時，我們也是需要慢慢的溫習愛人的眼神，給予他習慣需要的溫度，然後，再輕輕地在彼此習慣的安全距離內用撒嬌的手指點點他的臂彎，給他一個兩人共同記憶裡最美麗的微笑。

不管最初的記憶裡我們是否如孟子所說就那麼懂得愛自己或是愛別人，愛絕對不是天生就能表現這麼合宜且善解人意的。但是累積的練習會一再加深我們的記憶力。

所以，從認識你們開始的第一天，每一天每一天見到你們的第一件事就是大聲的對你們說：「各位同學早！」

剛開始的你們總是小聲回應，也許是不太習慣這樣的打招呼方式，也許是不習慣這樣大聲的呼喊好像呼叫山谷另一方的朋友，所以我總是在聽不到你們大聲回應的同時，習慣性的再大聲的呼叫一次。

這時你們的回應就會比之前的更加大聲又專注了。

即使是現在的你們更加專注於升學考試，我還是習慣這樣的早安問候，而你們也早已經回應的自然又大聲了。一天就習慣是這樣的開始。一個問候，互相的微笑，練習到成為我們共同的早安回憶。

前幾天一個號稱大熊的老學長來看我，頭髮已花白的前中年期男人，在學校是儀隊，當兵時又是空軍儀隊，雖然也退伍了一陣子了，走起路來似乎還有練習提腿踢振步的記憶，連不下雨時拿雨傘走路都還忍不住的操傘如操槍。他的肌肉脈絡裡真的有這麼一大片是當兵時操槍的深刻記憶吧！

他說：現在叫他走路不抬個小腿都很難，那更別說拿到掃把若不能甩個幾下真是要他的命一般。真的是當初的練習讓他恨的牙癢癢吧！不然他怎麼讓肌肉的記憶幾乎都是操槍基本動作呢？

若我在未來有幸代表國家參加羽球比賽時，不能讓正確的發球姿勢成為肌肉的深刻記憶，我要如何為國爭光呢？

所以存取愛的記憶前需要人與人深切的練習，羽球的記憶當然亦需要牙癢癢的不斷練習。在培養自己擁有好的習慣前，同樣需要主動有效的不斷練習。

大熊學長說：一開始的基本動作就要正確，不然練了十幾年的羽球還不如一個初學基本動作的小朋友。

我這個沒機會當兵的老師當然接受他以「羽球」為例。希望我們各自在接下來的各種人生考驗中，能記得大熊學長的諄諄教誨。當牙癢癢的反覆練習有一刻開始成為美好的深刻的記憶時，我們會知道，大熊學長真的很厲害。

所以下次在路上看到一個走路怪怪的，還不停拿著雨傘當長槍在耍的瘋子時，記得要心存感謝！並且讓瘋子學長創造的美好記憶永存心底。

如果多個學妹

#如常

欣賞著愛人如常的笑容，回應著愛人如常的話語，期待著愛人如常的陪伴。這個世界，總有些東西是因為我們懂得珍惜他們的如常，因而得以變得這麼的不一樣。

每天一早看到四十七個人都坐在自己的位置，是我一天安心的開始。這樣日日皆同的早晨，其實隨時可能會有任何無法預知的狀況阻撓了原本的生活型態。也許這個城市的捷運有人跳軌，也許颱風的影響臺鐵停開自強號，也許臨時家裡有事必須請假，太多的也許是生命中無法預料也不易避開的安排。當大家都如常地坐在自己的位置上開始一天的作息，我就知道這對你們而言並沒有什麼值得慶賀的時光，重複單調的模式真是「夠了」，可不可以偶而多一個學妹或是兩個更好。

這是生活的小插曲，當然值得期待，但是平日的踏實感不就來自於「如常」的軌跡嗎？

如常。一如平日。

一如平日的日昇日落。一如平日的能夠見到你。一如平日的能夠繼續陪伴父母全家團聚。

今天看到你們安靜的在位子上準備第一次的北區模擬考，略為緊張的氣氛讓偌大的教室顯得和平日有些不同。有人不停地咬指甲，有人不停地看錶，感受這樣不一樣的氣氛，還是知道這仍是如常的生活。

雖然和平日按時照表操課的習慣極為不同，但是你們認真的態度是如常的，親切的和同學打招呼的心情是如常的，整理教室排好桌椅的習慣是如常的。

即便是高中以來從沒嘗試過的模擬考，即便是內心多少暗自擔心自己待會兒的表現會不會太不理想，會不會回答國文翻譯題時腦袋的記憶根本就是一片空白，會不會自己念的英文單字還是不夠不夠不夠，即便是一直考慮黑色原子筆可能必須還要多準備個兩隻才不至於臨時斷水得個零分。

思慮再多的擔心總是會出現在第一次嘗試時的不熟悉。

雖然這是一次不曾在日常軌道出現的特殊考試，相信自己的信念要一如往常，相信自己只要在如常的作息和態度下生活，面對問題真的來時的處理能力就會自然出現。

如常的「常」可以是「平常」，也可以是「恆久不變」的釋義。

記得儒家「五常」指的就是「五倫」嗎？父子有親、君臣有義、夫婦有別、朋友有信、長幼有序這五大必殺題，這是儒家的綱紀，也是社會維持正常運作最基本的人際關係，但為何也是如常的五種恆久之理呢？

想想這世界其實是無時無刻不改變的，人在變動不居的時空裡只為求一安穩的立錐之地以安身立命，腳下踩的如果是搖晃不已的大地，心裡想的是如果是沒有定位的虛幻泡影，沒有什麼真理是可以依循的，沒有什麼恆久的信仰是可以倚賴的，沒有幾個安定的關係是可以陪伴的，那麼，雖然還是繼續這麼的日昇日落的如常過日子，其實內心是充滿不安和焦慮的。

如常的時間如常的走在如常的市街，向如常的商家購買如常的雞蛋，如常的習慣讓你喜歡為一個人如常的牽掛思念。

欣賞著愛人如常的笑容，回應著愛人如常的話語，期待著愛人如常的陪伴。這個世界，總有些東西是因為我們懂得珍惜他們的如常，因而得以變得這麼的不一樣。

崩毀星球以前

抬頭

新學期已經開始了，明年此時你們就成為名副其實的大學生囉！不管未來的世界如何日新月異，iphone可以長成什麼模樣，趁著開學時最想提醒你們的一件事就是多抬頭看樹。

開學代表漫長假期的結束。身為老師當然也不例外。開學時最想提醒自己的一件事就是，多抬頭看樹。

最近發現自己居住了快二十年的文化社區有幾棵碩大無比的「猢猻樹」（Baobab

Tree），樹上居然開了好多雪白的花，這些花不是迎著陽光向上開放，而是利用夜晚來臨時偷偷地綻放垂掛下來的花苞。若不是那愛看樹的好朋友提醒我這些猢猻樹其實會開花，不然我真的以為肥滋滋的猢猻樹不就是徒有一個個粗壯肥大的胸膛嗎？

這樹長的也太高大了，常常走過都不曾抬頭看看，眼睛所及之處只有樹幹，要看到它枝繁葉茂的模樣得刻意產生兩個動作：抬頭、細看。

又加上最近買了智慧型手機，不知不覺成了低頭一族，整個世界都快活在我的腳下了！

這次經過朋友的提醒，不但因此發現猢猻樹頂不但開著神奇的白花，它更是一棵充滿傳奇故事的樹，電影《澳大利亞》裡那帥氣無比的休傑克曼提著槍從曠野的一棵樹前走來，那棵充滿故事的樹就是猢猻樹；《小王子》第五章提及的危險的「巴奧巴比樹」居然也是它！

就是它，只要小綿羊不吃它，它就可以從一棵小樹苗長成足以粉碎整個星球的巨樹！

天呀，它也足以粉碎我這顆頑強依賴科技的腦子！

新學期已經開始了，明年此時你們就成為名副其實的大學生囉！不管未來的世界如何日新月異，iphone5究竟長成什麼模樣，趁著開學時最想提醒你們的一件事就是多抬頭看樹。

因為這既感性又理性的世界不只在腳下，更在抬頭觀察的每一時光。

臺灣之美

走向山

那沁涼的溪水呀，那穿梭在大石間的你們呀，多希望你們在往後的歲月裡能記得這一刻，記得自己的靈魂裡有一部分是來自山林溪流的！

今天是北模後的第一天。

也許你想睡晚一點，也許你早早起來還是決定參加補習班的數學課，也許你就是覺得爬山有點累有點無聊，也許，你就是再累再睏也要一大早七點四十五分準時到捷運士林站集合。

這真是幸福的一刻。

到達士林捷運站時，等我的人兒都是我的同好，都是喜歡走向山林看山看水看蟲蟲的同好。大家神采奕奕的聊著天，左邊是一群帥氣的單車族，右邊是準備健行的背包客，我們是幾隻準備回到山林古道的猴子。

日子裡有許多許多的驚喜，那都是因為我們已經準備好要置身其中！

今天天氣真好。一點點初秋的清爽，陽光一點點夏末的驕縱，喜歡流汗的感覺，喜歡流汗時微風輕吹的感覺。喜歡安靜的讓這一切自然而然的發生。

這樣的心情其實也挺適合環遊世界的任何角落。

但更適合走向一座看似安靜遙遠的山，他剛好要在自己的城市裡。

踏在親切的土地上，靠著雙腳走過看似熟悉其實卻處處充滿驚喜的土地上，是最近幾年旅行的模式。

原來臺灣這麼美，那種美，不屬於巴黎鐵塔的異國浪漫風，也無須模仿日本京都金閣寺般細膩雕琢的虛幻美麗，在這裡我的家園，有一種安定自足的文化，走向山林，有屬於臺灣自然的壯闊與細膩；靠近市井，處處充滿親切人性的飲食與生活。不再需要四處奔波飛來飛去找旅行的驚喜，其實臺灣處處有祕密花園。

一群同好，三五知己，一顆簡單的心。

一起在「狗殷勤步道」的起點─至善園，還好，大家吃了蛋糕吃了冰棒還吹了涼涼的冷氣，接下來一整段爬坡的山路真是讓人連叫苦都沒力氣！還好呀，身體狀況的安穩讓我們終能一口氣接上下一口氣，還能在休息時一起回頭看看走過的漫漫石階路。

這一段竹林之後就是一路相隨的古水圳，一路的蜘蛛、白頷樹蛙、豆娘、斯豪文氏蛙、不知名的鳥兒，伴隨著僅一人通行的古道，潺潺的流水聲陪伴著我們均勻的呼吸聲和腳步聲。

腳下是我們賴以為生的市囂。灰藍色的層層山嶺將臺北盆地輕輕環抱在胸，峰迴路轉間若隱若現著美麗人間的風景，處處顯得既嫵媚又詩意。我安靜地在後面壓隊，看著風景也看著你們。

你們也玩得很高興，也偶而會回頭聊聊天，看看我還好不好。我還不錯，回到山林就像猴子在樹間穿梭般自在，還一直嚷著要玩水，經過竹林步道之後，我們決定不搭公車下山，終於在「坪頂古圳步道」玩起水來。

那沁涼的溪水呀，那穿梭在大石間的你們呀，多希望你們在往後的歲月裡能記得這一刻，記得自己的靈魂裡有一部分是來自山林溪流的！

走向山，當我們憶起彼此時，當我們想念自己的天真簡單時。

雲門九歌

儀式

畢業典禮是儀式，相信當時的你未必能真能看懂這儀式的意義，或許六年吧，六年後的你如果想起現在的你的模樣，就會明瞭「成年禮」與「畢業典禮」對你的意義究竟有多大了。

上回看雲門九歌是二〇〇六年的事。雖然至今提筆寫作時才相隔六年，怎麼竟感覺特別的遙遠而陌生。

從這個九歌到那個九歌。六年前的我和今天的我。

雖然是一樣的舞碼順序，其實我一點都不記得當時的自己真正看懂了什麼，只記得偌大舞臺前的一大片荷花池，充滿宗教氣息的音樂，痛苦與平靜交織的人體線條，還有劇末那逐漸鋪成一條長河的燭光。魅惑於這樣的美與神祕感，今天的我依然坐在臺下。

生命於我一直也是充滿這樣的魅惑。美的信念美的皮相美的心靈，讓我讚嘆，也讓我無法接受醜陋的信念醜陋的皮相醜陋的心靈，因而選擇遠遠逃離；魅惑於生命的神祕感，讓我寧願與人保持距離，寧願言行曖昧模糊也不願輕易坦露真實的自己。

何時起何時休，一條生命的長河靜靜地流過好幾個六年，那存於生命的祕密我依然似懂非懂。

從序曲、東君、大司命、湘夫人、雲中君、山鬼、國殤到禮魂，在屈原的作品裡是一場場祭神的歌舞儀式，人民一切行禮如儀，皆起自於對大自然的崇敬之心，到了屈原的筆下，開始有了屬於自己的懷疑和不安。神明都人格化，也都投射了屈原的情感，舞者表現的不只是屈原的情感，更是編舞者林懷民的情感。這是一齣沒有開始也沒有結束的舞碼，人在大自然的面前永遠渺小卻又永遠想著永恆這件事。

只是今天看舞的心情特別的平靜。

舞臺不再是舞臺，舞者不再只是舞者，怎麼今天在劇場裡的心情像是一起和舞者完成一場場的儀式，從六年前不平靜的抗拒醜陋，逃避自己，掙扎扭曲懷疑到今天終於看到什麼般的平靜。

這其實是自己的人生經歷了一段又一段不同的歷程。

不再迷信於美，也不再魅惑於無知的神秘，生命的長河靜靜地照鑑一切，也包容一切。美的醜的都在，畏懼的勇敢的交錯，情感的肉體的時而虛弱時而清晰，這些都存在於一樣的編舞精神，六年前的我不懂，現在的我不求懂。

不管是畢業典禮、結婚典禮、就職典禮等等，每個儀式看似行禮如儀，其實在其中的參與者都或多或少得到了生命嶄新的開始！

今天的〈九歌〉像是一場生命的儀式，朵朵荷花開謝如常，人們看完了戲還是各自回家，什麼是開始什麼是結束。

二〇一二年三月二十九日我們才舉辦了一場「成年禮」，藉著儀式告訴自己已經成年。明年的六月你們也將離開這兒，畢業典禮是儀式，相信當時的你未必能真能看懂這儀式的意義，或許六年吧，六年後的你如果想起現在的你的模樣，就會明瞭「成年禮」與「畢業典禮」對你的意義究竟有多大了。

排球與釣魚臺

和平

真希望這場球賽這樣的氛圍能廣為宣傳與強調，讓這世間的景象不是衝突的對立，不恃強凌弱，更不是大聲的喧嘩和叫囂，而是大家平起平坐，制定競賽的規則，建立良性的對話管道。

球就這麼一來一往的，其實一切都很平和。

兩邊都是超級團結的班級，啦啦隊加球員幾乎就等同於整個班級人數了，輸人不輸陣，但一切的架式卻都像是在海邊玩沙灘排球。

平和的排球比賽讓我這個不喜歡粗暴排球的人感到非常的意外！

其實場內場外大家呼吸都還蠻一致的。球上球下，一呼一吸，誰都不敢多說一句。

「是我們的！」「是我們的！」

球來了，從對方那邊打來也好，從自己場子慢慢一球做一球也好，場內不時出現這樣的提醒。球真的來了的時候哪個人敢說話呀！連多呼吸一聲都完全不敢，因為，看球本身就是呼吸！

「釣魚臺！」「釣魚臺！」

這時場外加油的聲音中傳出這樣的呼聲。好時事性喔，但是大家忍不住就噗嗤笑了出來！

其實這樣的詞接得還挺順的，最近的新聞習慣用語不就是「釣魚臺是我們的」嗎？

只是此刻是在排球場上，雖然也是另一種形式的實力競賽，但是整個F-U-兒就是非常的不一樣。那不是殖民者的趁機搶占，也沒有挑釁式的武力對決，更沒有一觸即發的恐怖平衡，在球場上，有的只是每個生命中必然會遇到的挑戰或競爭，對方給我們機會激起潛力，我們也給對方挑戰的勇氣。那是連自己都非常期待的養成過程，雖然一想到可能會被觀眾笑掉大牙就很緊張，但沒什麼「不是你死就是我活」的殺氣騰騰！

可明明真的很討厭排球這玩意兒，昨天傍晚突然發現自己好像很會打排球。除了自己實在真的不會打這項球類，還覺得它這麼打來打去的實在很暴力，誰知道昨天看了你們整場的排球比賽，整個就愛上了排球！（雖然離我喜歡的羽球和桌球有段距離啦！！！）

原來是可以將排球打得這麼柔和，這麼有節奏呢。

可是，我一直以為排球這種球類就是讓手臂整個紅腫才罷休的暴力活動嘛。每次打排球看球來不能躲還得用手猛力擋回去，用力地打用力地擋，一來一往好不疼痛呀。沒想到你們讓我完全看不到疼痛的手臂，有時配合著強勁的球勢只是冷靜的蹲下來，輕輕以對方的力道回過去絕不硬碰硬，平靜穩定地在場內處理一來一往的堅定與勇氣，彼此消長多像一首交響曲。

誰說競爭一定要充滿煙硝味呢？

既然生命中競爭難免，為什麼不用平和的態度面對呢？平和不是無所謂不是不盡力，而是以一種廣闊的心胸面對輸贏，對方雖可稱是敵方，但是站在互惠互重的立場展開競爭，那不是用可恥的技倆只求一贏，也不是說屈辱對方好讓自己站上搶取豪奪的島嶼，兩方憑的就是實力，聽到哨子一起開始，時間一到雙方便罷手。小至考試大到兩隊的競賽不都是如此嗎？為什麼一座小小島嶼可以挑起這樣強烈的豪奪行為和恐怖的民族意識呢？

「和平」兩個字是多麼重要，可是我從來不曾想過少了它會怎麼樣？尤其全世界的競爭愈來愈激烈的情況下，競爭有理，和平尊重卻有罪！街頭巷尾不時聽見提高分貝的互相謾罵，職場上為了贏得勝利可以讓侮辱橫生毀謗四起。贏是贏了，對手也黯然離場了，但是這真的是競賽真正的精神嗎？

當初奧運會的精神不就是 Elidos 的國王 Iphitos 為了使人民免予戰亂而讓競爭的本能必要轉為競技場上的比賽嗎？運動場上的競爭也曾產生觀眾暴動，選手也不時傳來服用禁藥以求一勝的事件，看了你們在球場上的表現，十足展現我心目中「和平」與「自我克制」的精神！

真希望這場球賽這樣的氛圍能廣為宣傳與強調，讓這世間的景象不是衝突的對立，不恃強凌弱，更不是大聲的喧嘩和叫囂，而是大家平起平坐，制定競賽的規則，建立良性的對話管道。

一顆排球讓我們體會「是我們的」這句話背後的真正意義，一座小小的釣魚臺為什麼不能讓對立的雙方冷靜的想一想「和平」二字的可貴呢？

柚子節

團圓

> 呼呼，整間教室又充滿了迷人的柚子香，有點酸酸有點甘醇的甜味，聞起來一絲絲回憶的滋味，又有時給人不黏不膩的秋爽，讓人不致因為過於濫情而徒生感傷。

中秋節不知從什麼時候開始變成「烤肉節」了？我想連月宮上的嫦娥都回答不出來吧。不過能因為烤肉而出外一起看月亮不也是一樁美事嗎？

中秋節又名月亮節，顧名思義就是要在月亮的庇護下一起完成一些有意思的事吧，一起在月下吃月餅一起在月下剝柚子一起在月下辦BBQ趴都好，一個人單打獨鬥或是獨享烤肉餐總是會讓廣寒宮的嫦娥觸景生情，她一定會想：我一個人已經夠孤單的，這地球上的人們呀，趕快想點什麼可以一起完成的事吧！

像中秋節的月亮一樣團團圓圓的共同閃耀著光輝吧。

現在一起完成一些什麼事情總是可以在日後串聯彼此逐漸剝落的記憶吧，不是一定非要經歷痛苦的別離之後才能追求團團圓圓的喜悅，是吧？

能在一起過節就是要享受當下美好的團圓氣氛，因為只要將時間簡單的跳躍至明年此時，今天的慶祝團圓不就是為了明年此時再也無法這樣輕易的全員到齊的事實嗎？

只是中秋節這個古老的節日，讓人單純的好喜歡在一起和心愛的人兒畫一個圓的感覺。

四十九個人（還有物理老師喔）能夠在月亮出來以前完成些連月亮都羨慕不已的事是什麼呢？去年此時我們剝著柚子還戀戀不忘滿室的柚香，今年此時當然還要繼續讓柚香飄揚整個回憶。

當然，剝柚子可不能輕輕鬆鬆地剝，更禁止一片一片優雅的吃。

三個人分食一顆大柚子，一切徒手完成，還得小心保持柚子皮的完整，戴上柚子皮帽，一口一口地吃完眼前肥美卻食不知味的果肉，不管吃的是苦苦的皮還是水汪汪的柚子肉，三個人吃完果肉帶好柚皮小帽，趕緊奮力向前抽題回答。不管抽到的是蒐集十雙夾腳拖還是寫出十件同學甲的糗事，趕快眾志成城三人一條心，否則待會兒你們就得接受「子彈」的猛烈攻擊啦！

呼呼，整間教室又充滿了迷人的柚子香，有點酸酸有點甘醇的甜味，聞起來一絲絲回憶的滋味，又有時給人不黏不膩的秋爽，讓人不致因為過於濫情而徒生感傷。窗外的菩提樹葉颯颯的響著，窗內的粉筆聲和喧嘩聲輕易的將秋天的氛圍團團包圍起來！

熱絡的三個人終於逐漸安靜下來囉，因為臺上一組組的同學要開始接受臺下的檢驗，只要答案不合民意，臺下的柚子皮子彈就要毫不留情的全力攻擊！整個柚子皮香氣因為分成無數個小柚子子彈而更顯清香，臺上的人看起來被攻擊得挺高興的，臺下的人也非常賣力地衝到前面撿回一堆子彈繼續下一的攻擊。

這就是我們的中秋節。不，應該叫做柚子節。

大家沒有輸贏，只有團圓，一起共同完成一些必須共同成就的事情吧，就將窗外蕭瑟的秋意團團圍住，在孤單的月亮升起天際以前，我們先在彼此的記憶裡畫下一個大大的圓。

吟遊詩人

打賞

也許我們的人生畢竟還是平凡得可以呀，但是因為人生旅途遇到了這些震動人心的時刻，讓我們知道人生本來真的就可以很不平凡。

旅行歐洲的時候，街頭總是會與街頭藝人不期而遇，有時是拿著粉彩筆在地上專心作畫的畫家，有時是拉著大提琴的演奏家，有時是表演懸絲木偶的戲劇演員，經過其間的遊客若有空就停下腳步或坐或站的看著表演，到處都是藝術，隨時都有讓人可以停止奔走的美好。

令人讚嘆的藝術在臺灣總是很花錢的，不是神聖莊嚴的鎖在博物館或音樂廳裡，就是存在於規劃完善的展演場所，人們拿著預先寫好的導覽手冊，走進窗明几淨的房間，戴上耳機或聆聽導覽，最重要的是：不准拍打或餵食自己！

好久沒有旅行歐洲了，好想念歐洲那藝術氛圍無處不在的生活，藝術彷彿是他們生活的一部分，那和日日都須使用的飲食衣著一般，市場賣東西的小販沒有客人上門時便拿起小提琴拉一拉自娛。行走其間的路人或坐或站的隨意欣賞，喜歡的人就停留久一點，前面若有一頂帽子或一個空鐵盒，那就打賞給點小費吧！好看的表演真的會吸引人不自覺的掏出錢來，這只為了告訴眼前的表演者：你的表演真的很棒很棒，我真的很喜歡很喜歡呀！

藝術既然可以無所不在，而我又好想念歐洲，乾脆將歐洲的風情也帶在身邊吧！！呵呵！！

腦袋轉一轉，又動腦筋在你們身上啦。也許我們全班沒機會一起去歐洲，但總可以擁有歐洲人的風情吧。

今天可愛的語資班到班上來演唱，因為我在上余光中的〈白玉苦瓜〉，介紹方文山的「新詩歌」與「新歌詩」時出了兩份課堂作業：首先，請將現成曲子的歌詞加以改寫，並且表演；然後，將余光中的詩作改寫成歌詞，並加進舊曲。

雖然課程真是趕得緊，下周又得進行期中考，還是寧願趕課也不願放棄這樣的作業，語資班的同學們也利用兩節課的時間盡情的完成填寫歌詞與演唱成品的作業，他們的優異表現讓我興起邀請至「外地」表演的念頭。

課程雖然完成開唱的部分，其實也還沒真的完成，他們在講臺前自然投入的表演，多像歐洲隨處可見的吟遊詩人。尤其是窗外的藍天雲影和徐徐的微風隨意的加入這小小的表演空間，多麼美好的時光呀！下課後向他們正式提出邀請，限於時間只能邀請三組吟遊詩人前往他地做一場表演，我想念歐洲的氛圍，你們就是那自娛娛人的吟遊詩人，如何呢？

於是，兩個男生三個女生非常大方，欣然接受我的邀請，依約前來我們這個居住了四十七加一人的小城鎮表演他們的作品。

以自己清新的歌喉吟唱自創的歌詞，歌聲迴盪在看似平凡無奇的課堂教室裡，一排排的課桌椅瞬間變成了哥德教堂前的木質座椅，我們都是在此不期而遇的遊客，因為美好的音樂情不自禁的放下身上的背包，享受此刻的恩寵。

也許我們的人生畢竟還是平凡得可以呀，但是因為人生旅途遇到了這些震動人心的時刻，讓我們知道人生本來就真的可以很不平凡，只要珍惜生命當下的感動，並且懂得分享與感謝，那麼，生命就會為自己，也為他人展現懾人的光芒！

兩首曲子、兩份歌詞和一首安可曲，吟遊詩人們和身旁或坐或站的遊客一起享受了二十分鐘的音樂饗宴，每首曲子一結束，吟遊詩人便拿起方形狀蛋捲鐵盒子來到遊客身邊，像是歐洲廣場前的街頭表演，只要喜歡他們的表演就可以大方的表示感謝，這是很自然的鼓勵與分享。

就這樣，吟遊詩人們一共賺了近七百元的小費，天呀，裡面還有兩百元的紅色鈔票和郵政禮券！大家嚷著也要到語資班表演，看看可不可以把七百元再賺回來囉！！！

深秋寒露

律己

真的是深秋時分，多照顧自己一分，多自我要求一分，那麼儲存的能量就愈豐富，嚴寒的冬天來臨時就不會沒東西吃啦。

今天一早出門天氣真的冷了許多，一連打了好幾個噴嚏，回頭順手在衣櫃裡拿了件長袖外套。哇哇，怎麼夏天好像還真的走了，可是那秋天真的來了嗎？

穿上薄外套，看看鞋櫃裡的短皮靴，它們搖搖頭，no！no！穿它們似乎還嫌太嚴重了點吧！秋天真的來了嗎？

隔壁的黃金獵犬一大早沒有出來用牠大大的尾巴歡送我，小巷轉角的桂花飄來淡淡離別又有點依依不捨的香氣，真的是秋天來了嗎？我最喜歡的季節真的來了嗎？她總是悄悄的蒞臨身邊，讓風呼呼的告訴你不能少帶一件外套，卻沒有什麼約定好的時間，也不會給人過度的熱情非要你注意聽不可，但你就是知道她在，她的寒冷會提醒你對自己身子不能輕忽，若你還是我行我素，對不起，她會讓你知道不聽話的後果。

雖然她會愈來愈冷冽，也會二話不說的帶走一些盛開的美好，但我總是期待著，期待發現她的蹤影，期待能收藏她的聲音她的味道，在藍藍如水的天，在雲影共徘徊的河水，在松子蹦落的樹下。她總默默教導我一些冷靜一些哲理。

然後，帶著一點點不同於夏日的瘋狂和黏膩，秋天說：當冬天來臨前，你必須儘快學會自律，嚴厲的要求自己做個行事俐落，切實穩重的人。不需要花朵的艷麗照人，白千層在寒風中開著如雪的風采，生命的美好仍然需要安靜的對話，需要自我的要求，割捨繁複華麗的虛榮，自然就容易看見真純的自我。

為什麼我這麼愛秋天，卻也這麼期待和她瀟灑的別離。

彷彿多一點或少一點的愛戀，都會打破我們之間相處的默契。

「不必想念，不必收藏我的時光！」她說。

我知道她很倔強，也很嚴厲，再美麗的花朵依約該走時她絕不會多寬容一分鐘，該離開的時候她並不覺得該演唱些什麼哀傷的曲調。

就這樣繼續為自己的下一個季節多準備些柴火和乾糧吧，她說。

她又說，一轉眼天就要更冷了，裹上厚重的外衣人會容易更沉重更憂鬱呀，不要緊，到了那時，若你已懂得自律，也不會再羨慕夏日溽熱的虛榮，即使關上門窗抵擋低冷的溫度，即使在室內啜飲著苦澀的冬茶，你也會慢慢品出箇中滋味，安靜的讀書或是做著規律的運動都是好事，只要你懂得自律。

車子一路前行著，我開著窗任風吹來，承德路兩旁的白千層脫了一層層老皮的身軀上頂著雪白的毛髮，敦化南路的分隔島上伸展著另一種秋日的美好，欒樹用紅色的朔果和黃色的花穗各自表達對季節的感受，微涼的空氣沒有蕭瑟的淒涼，人們仍然抬起頭挺著胸自在的走著，安靜而嚴肅的選擇離別選擇自己的模樣，秋天說，那是一股多麼巨大的力量。

廣播的聲音提醒了我今天是二十四節氣的寒露，也就是深秋時分。很容易感冒的季節喔，很容易讓病毒侵入的環境喔，她說。一早到了你們身邊，看到你們已經有人帶著口罩在低頭念書，兩邊的窗戶也緊緊的關著，原來你們已經有人比我還提早感受秋日的嚴厲警告囉！

遠方的陽明山似乎能看得更清晰了，看著窗外的我又連打了幾個噴嚏，還是得嚴厲的將風拒絕在窗玻璃之外，不然明天就得帶口罩出門了。隔著窗玻璃看著偌大的游泳池，依然很美的藍色水域，水光粼粼，清澈又平靜，即便是水已經冷得無法再上游泳課。在教室的前面佈告欄還掛著待領的無名氏泳帽，夏天彷彿還依依不捨呢，秋天的冷冽依然說來就來！

你們為了這兩天的期中考留下來晚自習的同學又更多了，不管日子過得有多麼的忙碌，我們再有多大的理由可以證明自己活的有多麼的辛苦，每一個人就是一塊立足之地，照顧好自己，自我要求不造成他人的牽累，這便是自由的開始。那就像是秋天來臨的感覺，該收拾的，該放下的，是自己的主宰就該自己去清理與面對，若還要他人的提醒甚至幫忙處理，便不再是自己的主宰，反而得不到真正取捨自主的自由了，這不是很可惜嗎？

今天秋天感覺來得比往年都早，抵抗力差的難逃生病的命運，病菌的滋生往往就是趁哪個地方的防禦出了漏洞就大肆的蔓延。誰都不敢說自己夠勇夠力不會生病，秋天說，那就在寒露來臨的這一天提醒自己吧！真的是深秋時分，多照顧自己一分，多自我要求一分，那麼儲存的能量就愈豐富，嚴寒的冬天來臨時就不會沒東西吃啦。

百日誓師

非 copy 人生

我們選擇這一天，是為了讓自己要永遠記得：往後生命的每一天都要像這「第一百天」一樣，填寫屬於自己的生命故事！而不是只會去copy 成功先人的人生！

十月十八日。一個難忘的日子。

今天兩個班級要一起舉辦詩歌創作的發表會，借了一處看起來挺正式的場地，內有小小的舞臺、小小的主持桌和四面環場的音效燈光，觀眾坐的席位可是紅色布面織成的棉質椅套呢！

你們說：哇塞，這是生平參加的第一場 Live 演唱會，要不要也帶個螢光棒和哨子之類的助個興呢？

這挺好的，我說，跳個波浪舞也不錯。

總之臺下的觀眾請盡量享用你們喜歡歌手的聲音。雖然歌曲都是前人種樹的成果，這裡頭的歌詞可是自己嘔心瀝血的原汁原味，一字一句也許不能完全符合音符的抑揚頓挫，但是歌詞的內容可是整組歌詞寫手的心情分享，這有沒有趣呢？

之前在各班的排練並不算數，聽說今天的版本又應觀眾的不同而有所謂「現場影音版」呢！

首先登場的當然是一組俊男配美女的主持人，士軒的沉穩帥氣搭配于珊的甜美文靜，即使不說話都是一幅令人賞心悅目的畫面。演唱會正式開始前每人都拿到一張心願卡，論造型各有特色：不論是自然萬物飛禽走獸的心願卡，只要你我都看到自己的目標，勇敢而有信心地寫出來的，只要許了願就會有實現希望的一天！

第一場女聲雅筑果然清新可喜，「揮別了原本的破碎／失去了平靜的夜／整理好自己的感覺／不要哭／面對一切」，整個陽氣厚重的熱鬧氣氛頓時空靈了起來，抒情的感覺就是彼此的共同語言，原來十八歲的藍色青春有時是不分性別的。

沒想到當大家還沉浸在淡藍色的憂鬱泡泡時，裕霖卻氣若游絲的痛苦呻吟著「霸凌」不好，說這真的以他的受虐經驗為題材，「遇見了你／就被霸凌／拳腳不肯停／邊哭邊笑／硬要說著就像蚊子咬／當人群散了／突然覺得我可以死掉／我凍未條」，大家彷彿陷入對這嚴肅議題的沉思卻又忍不住笑了出來，因為他居然說這：是對氣質男仁欽的控訴！可憐的仁欽只有一臉無辜的攤開雙手。

這麼臺味的歌詞搭配這麼渾厚深情的歌聲，臺下都為星瑋的魅力歌聲瘋狂不已，「班上的／Jerry 去煞到 Jenny ／決定提起了勇氣／表達伊的心意／可愛的 Jenny 拒絕了 Jerry ／猶原不甘願放棄／愛到卡慘死／趴七仔總有坎坷路要行／麥驚寂寞你著要繼續打拚／男兒啊心意要乎伊知影／乎伊歡喜才可以得到伊／最後一遍拿著美麗的花蕊／帶著滿腹真情意／心想著最愛的 Jenny 啦！」原來一首情歌的魅力真的是無人能敵，更何況臺下真的有兩位 Jenny 女士呢！

雖然「情歌是王道」的現象從大家為 Jerry 深情而瘋狂的模樣可見一斑，當大慶以高亢的歌聲擺明要槓上瞧不起自己的朋友時，那種感同身受的連聲「不對！不對」真是一股強大的吶喊力量：「突然間我才發現／發現自己其實很廢／我不能獨自在家裡種香菇／於是我脫去上衣洗把臉／穿上招牌無袖繼續往前／於是我又開始這疼痛感覺」，呀，疼痛的感覺真的以吶喊的方式譜寫出來，原來那不但能取悅疼痛眾生就會，還能誕生一種多麼奇妙又快意的感覺呀！

然而，一切快意的根源有時還是得慢慢先去面對它，才能慢慢爬梳出一點點純粹的人生哲理，立維說：「天天K書／天天K自己／到什麼時候才能變聰明／天天K書／天天K到三點半」，不過這樣猛K自己的夜貓子還是無法得到大家的同情，因為他的歌聲實在太純淨太淡定了！想要為他的苦肉計滴一滴淚都擠不出來，真是抱歉！

不過呢，Berham 的歌聲可就是真的讓大家屏住呼吸，不願驚擾到他與麥克風之間的合一：「我要醫科／我要我心裡每一寸／都只有臺大醫科」，有時閉眼高歌有時深吸一口氣用力地唱著，這一場的表演整個充滿著「信望愛」的力量，那是一種 Berham 對上帝關愛的回應，也是對自己未來人生無上的堅持與信念！雖然裡面「臺大醫科」的歌詞被同學偷偷改成了「臺大醬料」，聽得出來，那種笑聲灌耳的音量代表的是對堅定信仰的強烈認同！

如果用歌聲記錄下來四十七個大男生一天的生活，那會是什麼滋味呢？「早上走到附中裡面／又來到八一班前面／教室又看到朱家禾的臉／柏翰書包的＠片／廢紙箱的高偉／今天的冠賢又在催收便當錢」，不知道為什麼，小特略帶冷冽的歌聲其實給人挺溫暖的反差感，「八一的一天」有種畢業前輕唱驪歌依依不捨的回顧感覺。原來朱家禾的臉是一天的朝陽更是一天快樂的泉源。

迎曦、婕妮和芸爾拿 Lady GaGa 的〈Poker Face〉大改內容，整個就是壓軸歌曲的氣勢和舞蹈！「你拿著一朵玫瑰朝著我走來／問我喜不喜歡你身上的體香味／儘管失敗多少次你都不放棄／以為死纏爛打／我會接受你心意」，〈Ugly face〉大聲拒絕癩蝦蟆來吃天鵝肉，一臉的冷酷，就是一個拒絕單戀一方的酷妹模樣！

當然，即使壓軸好戲不得不收場，那首造成節目高潮的嘻哈搖滾歌曲——〈批判前衛思想〉仍然餘波盪漾，這其中的歌詞因為我們神秘的嘉賓校長突然蒞臨，且選擇貴賓席第一排面對嘻哈三大歌者柏仁、鈺翔與傑民，所以其中也些歌詞擔心校長的心情，所以選擇「嘻嘻哈哈」的順利消音帶過。

光是這一段「把世界摧毀／只剩你妹妹／你妹妹愛我／我愛你妹妹／回文又類疊／好多你妹妹／在的新聞／都嘛在亂扯／看到亂血噴／我只覺得噁／說到我的專長／最會腥羶色」就讓臺下聽眾感受到嘻哈批判的精神。最後嘻哈三哥還是向校長深深的鞠了躬說聲抱歉，不好意思讓內容的前衛嚇到了校長，不過還是成功地笑到了大家。

（「因涉及種族歧視」，所以校長在第二天還是慎重地來到班導辦公桌前，希望向大家宣導「正確種族的觀念」）

這是學測前的一百天，以這樣的熱鬧方式舉行了一場兩個班的「白日誓師」，誰說誓師一定要淚灑戰場，誰說百日就是要舉行從容赴義的儀式。

今天是值得記憶的一天。

因為，我們譜成了屬於自己的歌詞——在前人既成的美好音符裡！

我們今天站上了自己的舞臺，由主持人一一介紹出來，我們從頭到尾唱著它，居然每一組的風格是如此的不同，卻同樣讓人感動於彼此的精采是如此巨大！因為我們每一個人只要寫下自己的第一志願，用自己真實的靈魂勇敢地唱出自己的歌，雖然歌曲的風格這麼不同，但卻都能像今天的每一首歌一樣，得到如此真切又唯一的共鳴！

離學測還有一百天，這一百其實沒有什麼特別的意義，這一天不就是時間長流的某一天，時間只會愈來愈少呀，一百天值得紀念，那九十九天不是更值得大肆宣揚他的悲壯與永恆嗎？

我們選擇這一天，是為了讓自己要永遠記得：往後生命的每一天都要像這「第一百天」一樣，填寫屬於自己的生命故事！而不是只會去 copy 成功先人的人生！

我這麼讀張愛玲

詮釋

畢竟這不是研究文學作品的嚴肅論文，看電影的我們都有詮釋故事的權利，我們說：這兩個人能讓我們懂得什麼，我們的生命經驗就學到什麼喔！！

許多的重要考試都會提到張愛玲，許多的「張愛玲考題」都喜歡拿〈傾城之戀〉的片段來作為閱讀能力的評鑑。張愛玲是一個早早將人情世事看透的蒼涼之人，當然這多少來自於她的大家族背景和父母婚姻關係的破裂，要怎麼在青春正盛的初熟階段看待「張愛玲」文學作品中所詮釋的「豔異」人生呢？我希望你在看完〈傾城之戀〉這部電影之後除了能夠了解張愛玲作品中的精髓，更能真正擁有屬於自己人生的詮釋。

邵氏電影公司在1984年發行〈傾城之戀〉電影版，由許鞍華導演，風流倜儻的周潤發飾演范柳原、古典現代兼具的繆騫人飾演白流蘇。文學電影總給人文謅謅又隔靴搔癢的感覺，這部電影也難脫這樣的缺點，導演沒有拍出張愛玲作中的「蒼涼」。但卻也鼓勵了我們尋找看待張愛玲的另一種角度。

人在大環境中生存，很難赤裸裸的表現出真實的自我，總是為了明哲保身而顯現出過度掩飾的模樣。其實人很矛盾呀，又想貫徹絕對的個人主義，不想讓自己吃鱉吃虧，但是愈是想徹底堅持自己的是非對錯反而是愈看不清現實的是非對錯。在范柳原與白流蘇初相識的這段時間，彼此都想要算計著找到對自己最有利的感情狀態而不願面對自己的情感。因著兩個都是「精刮的人」而不願好好的「戀愛」一場，只願「談戀愛」，看看對方能不能先向自己投降，就可以不須為愛情負上全責。

你問我，「這樣的戀愛哪算是戀愛呀？根本就是一場爾虞我詐的交易行為嘛！老師，你讓我們看這樣的愛情，是要我們在成長的過程中學會用交易的態度來論愛情市場的斤兩嗎？」

我想這世間傳頌不已的文學作品往往不是那麼偶像劇，不會只懂創造浪漫唯美的愛情，卻可以容許我們在不同的年齡有不同的詮釋。

現在的你因為課本裡出現了張愛玲，而有緣閱讀了文學版和電影版的〈傾城之戀〉，一個是張愛玲的原創，一個卻是許鞍華導演的解讀！雖然原創和電影的最後，都是由於一場幾近傾城的戰爭，讓男女主角決定互許終身。但是你會發現，電影裡的兩個人還是彼此愛戀的成分居多，是戰爭激發了原本缺少的勇氣和信心，彌補了人性最脆弱的一面。

畢竟這不是研究文學作品的嚴肅論文，看電影的我們都有詮釋故事的權利，我們說：這兩個人能讓我們懂得什麼，我們的生命經驗就學到什麼喔！！

畢業照

#定格

按下快門，我留住了最美麗的你，你也認真地凝視著我。

南樓前有一群和藹可親的老師正等著和你們合照，你們在等待區準備時就已經演練好了各式各樣的動作，rock版、麥可傑可森版、半邊臉版等等，無一不是青春活潑的大男孩風格。

即使是一種向國旗敬禮的動作每個人的姿態也都不一樣。有的是搞笑版，有的是儀隊版，有的舉左還是右邊其實並不太在意。不管動作整不整齊，認真地看向遠方的眼神此刻正浮現著一段段共同的回憶。

那一起舉手向國旗敬禮的模樣是我們共同的記憶。坐在右邊的校長問起我，為何你們這麼特別舉手敬禮，不是喜歡活潑搞笑的十八歲嗎？你們喜歡參加升旗典禮時一起大聲唱著國旗歌，一起在班會開始前大聲合唱國旗歌，一起在校外教學結束前大聲的用遊覽車的麥克風歡唱國旗歌。你們選擇了它成為畢業團體照的一幀，唱起國旗歌的記憶於你們豐富多彩的青春歲月，想必是值得在未來的十年、二十年甚至一輩子共同紀念的！

「自從買了『愛瘋』以後就很愛拍照喔！」清堯看我拿著手機對著你們一直猛拍，忍不住又笑了我一回。

記憶卡裡累積近兩千張的照片為證，我承認我真的很愛拍。從開學的第一天開始拍你們生澀的模樣，到今天拍你們畢業照時的模樣，真慶幸自己就是愛拍！！

昨天花了近一節課的時間大家討論拍畢業照的十個動作，雖然討論的時候真是絞盡了腦汁，有時要靠承恩的黑板圖解，有時得要邀請麥可傑克森的分身傑民上臺來親自示範動作，還好今天真的都幾乎派上了用場。

昨天的寒意還帶著濃重的溼氣，今天的氣候隨著高昂的天空整個開朗清爽了起來。

像是每一部賣座電影的背景音樂，就是一定要這麼符合男女主角的故事和心境。如果今天還繼續濕濕冷冷的秋涼滋味，那肯定大家合照時的感覺就有這麼一絲絲又一滴滴的離別之情。

不過，當今天的攝影大叔開始架設鏡頭時，那風輕輕柔柔的在他耳邊哼著歌，那自然再不過的天光打在他的眼前，他就知道了，今天的電影主題肯定是一群仰望陽光的青春臉龐。

整個秋陽肆無忌憚的提醒著大家，今年的美好夏天呀青春年少，根本還捨不得離開這個地方。

上了一半的國文課接到拍電影的通知，你們從五樓狂奔而下，一路經過了幾個正在拍攝電影的班級，一幕幕在我的眼裡像是一段預告片，接下來的好戲才是真正的主題。

還沒有在我心中定格的畫面，都只是流瀉的風景。去去來來的山川古堡，仍只是一張張還沒有貼著郵票的風景明信片。

一旦在心底定了格，就成為一幅永恆的生命記憶。

從幫你們拍照做紀錄開始，感謝你們讓我不曾錯過這些美好的畫面。

我知道我的記憶力會逐漸衰退，有時也會莫名其妙的挑片，更會剝落一些美麗的斑紋，我一定要依賴拍照，一張張的讓他們在時光的攝影機裡定格。

我們都要學習感謝一些不願錯過我們的朋友。

因為他們懂得珍惜和我們相遇的時光，於是，有的選擇停下腳步只為了與我們在十字路口相遇，有的在與我們擦肩而過時抓住我們飛奔的雙臂，只為了告訴我們：我想和你一起奔向美好的前程。

於是，就在同一個時間和空間裡因為不願錯過，便這麼看見了你也看見了我，一切的過眼雲煙中就只在此時此刻清楚且明白。

一張張美好的相遇就因珍惜稍縱即逝的瞬間，而說什麼都要買個「愛瘋」來瘋一瘋。

也就是封一封存每個當下僅有的記憶。
按下快門，我留住了最美麗的你，你也認真地凝視著我。

風動石

#平衡

總是要一步一步的養成，試到一個最平衡的點，讓自己能在天地之間立足，那是生命的「風動石」，不管風吹草怎麼動，也許下一刻大地就要崩毀，但是此刻的那一支點-平衡於天地之間，取決的功夫就在自己。

最近去了趟小烏來風景區，想去走走人滿為患的「天空步道」，結果反而被旁邊佇立許久的「風動石」給嚇到了！這真是一個奇怪的東西，照常理它應該早滾進該滾進的溪流裡，可是它居然還安住在一點點立錐之地，光靠這一點點就足夠讓它抗拒巨大的地心引力！

小時候曾聽爸爸提過這兒的「風動石」，長大後卻從來沒動過要一探究竟的念頭。不過就是一塊不會滾動的石頭罷了，有什麼好看呢！尤其這種貌似自然奇景的小玩意兒，和巴黎鐵塔或義大利教堂壁畫的藝術性相比，應該是小小巫見大大巫嗎？

那天的天空步道真的不怎麼樣，低頭看著一小段透明玻璃地板下的大地卻沒有被大地的深度給震撼到，實在真是多此一舉的人造思維！其實站在山崖邊看著聽著洶湧而下的瀑布，就夠讓我震懾於大自然的澎湃氣勢了！還有親眼看到那溪邊的「風動石」更意外地讓我震撼不已。

從橋上俯瞰著它，總感覺它下一步就要滾進河裡了，怎麼視線都不敢離開一步，這麼靠近湧動的溪流，它卻安然地孤立在傾斜的河岸，這麼的頭重腳輕，好像用一根指頭倒立的大黃牛，卻一直堅持著自己和這世界的平衡點，說不動就是不動，似乎自古以來就和平行的大地維持著一種恰恰好的關係。

不多不少恰恰好的天與地，自己找到不穩定世界中的一處穩定點。

按照百科全書說風動石是一種自然奇觀，通指傾斜懸立在崖邊上的巨石，與地面接觸面積很小，而且風吹則石動搖搖欲墜，但又永遠不會跌落懸崖。世界各地有許多景點都有風動石的奇景，例如印度有飛來石，中國普陀山也有磐陀石，澳洲取名為「惡魔的彈珠」尤為傳神，偌大的黃褐平原上出現超級巨大的彈珠，那兩顆彈珠看起來真想自由來回的滾動卻彷彿被惡魔下了咒語，永遠停格在時間點和空間點的彈珠。

原來，當平衡這件事情看似偶然的成為具體的景象時，偌大無垠宇宙的善變本質竟看起來是這般的神祕卻又具備無比的時空永恆性。

不確定，是地底常態。平衡，是心底工夫。

這顆「風動石」與大地正維持著一種平衡狀態，只是此刻。

但那將會是永遠的安定嗎？其實你我都知道，這沒人敢說的答案，連宇宙自己都不確定。因為宇宙和人生的本質就是不確定，追求永遠的安定，其實本質是追求平衡的當下。

你們知道我是個愛到處看看玩玩的人，有時走路有時騎車有時認識新的朋友，連每天和你們相處都讓我覺得充滿樂趣和期待，活潑聰明的反應和專注認真的學習，每天都給了我不同的思維靈感。不知不覺寫給你們四十七人的文章已經一一完成，等待畢業時再一一送給你們。

想當初的發想只是「紀錄」和「回憶」，沒想到每天和你們一起的生活自然在心湖泛起漣漪。那是你們自我「養成」的紀錄，也是未來成就的證明，證明你們的成長不是一蹴可幾的。總是要一步一步的養成，試到一個最平衡的點，讓自己能在天地之間立足，那是生命的「風動石」，不管風吹草怎麼動，也許下一刻大地就要崩毀，但是此刻的那一支點平衡於天地之間，取決的功夫就在自己。

生命的奧祕就是這般神奇、這般獨特，大家喜歡看的「天空步道」旁有一顆不知安靜幾多年的石頭，怎麼滾動到這裡就和宇宙之間達成暫時的平衡，沒有人知道，但是就是能這樣的獨一無二又和諧共存。但願我們的生命也能如此禁得起現實的變動而自成平衡的力量，魔鬼就會說：吼！不跟你玩了啦！

畢業舞會

雙數與單數

你跳著華麗的圓舞曲，身邊的朋友也一起輕快的跳著，這不只是一場畢業舞會，更是一場走出童話世界的成長儀式。

今天這堂課是不能補課的，即使你賴著不想下課，時間到了也會強迫你關燈收書包回家。

今天是屬於你們的畢業舞會，晚上五點半準時進場，在門口迎接著你們，一個個穿著筆挺亮眼的西裝帥氣的走到我面前，有的身邊有舞伴，有的和好同學們一起相約進場，走在用桌子拼湊而成的倫敦鐵橋上，小心翼翼的模樣讓你們平日活蹦亂跳的四肢完全改觀，一步一步的戒慎恐懼，待踏穩了這一步才能確保下一步成功的踏出。

時光匆匆，一轉眼你們已儼然是個成熟的青年了，擁著心儀的女孩輕輕地滑進舞池已經不只會出現在電影情節或是白日夢裡，擁有美好的愛情生活或是社交關係也漸漸成為建立良好同窗友誼以外的另一個理想模式，王子與公主，晚禮服與玻璃鞋，幸福的童話故事往往從王子走向心儀的公主邀請跳第一支舞開始。

通常童話故事中英俊的王子邀請鄰國的美麗公主時，一定會擁有成功的第一步。公主一定會羞怯地低下頭，然後輕輕的點頭答應。

通常一隻池塘裡出來曬太陽的青蛙，也會在童話故事裡順利地變成人見人愛的白馬王子。

從小聽來的童話故事裡從來沒有美麗拒絕帥氣或帥氣看不見美麗的拒絕劇情。穿上玻璃舞鞋的灰姑娘是因為魔法時間到了，再不逃離現場她就必須恢復原形，所以才抗拒王子的邀約。

萬一童話公主拒絕了童話王子，這劇情可能會因為公主的冷酷絕情而迫使王子的浪漫追求成了王子的現實療癒版。算了，童話故事總是寫到手牽手心連心從此過著幸福美滿的生活就美滿收場，輕飄飄的兩個美好的個體，似乎讓整個不完美的世界也變得輕飄飄的完美。

但是，單薄的童話故事像一件漂亮的晚禮服，因為它好看，我們歡喜的買了它，穿著它想走進屬於自己的畢業舞會，卻發現主角真的是自己！不是那件單薄的漂亮禮服！

走進舞會，有人歡歡喜喜的輕擁著美麗女孩，也有人眼睜睜看著自己心愛的女孩成為他人懷裡的公主，你曾經想要放棄參加這次特別為你準備的畢業舞會！

但是你知道的，這個舞會的意義是屬於你在這個成長階段的記憶圖騰，沒有學校的紅色大印，沒有一張畢業舞會證書，沒參加就等同於沒有這段記憶的圖騰。也許你會珍惜畢業證書，即使不小心遺失了還可以回母校補發，但是這張畢舞證書呢，一張只給你，只屬於走進真實舞池的王子公主們！

你終於看到了這女孩，她拒絕了你的邀約，她正圈著別人的背彎。同學看到了你，陪著你在操場走了一圈又一圈，你知道她會來，你怕自己看到她會手足無措窘態畢露，但你仍然穿著正式的西裝參加一場沒有舞伴的舞會，你的心糾結不已，對英俊的王子而言沒有公主的舞會不就是一場無趣的童話故事嗎？

同學就這樣陪著你繞著操場一圈又一圈。陪著你哭，聽你說說話，一直到你終於想起了什麼。

你仍然和一群好朋友進了舞池，隨著音樂自由擺動身軀。一場舞會開始於眼淚，結束依然是眼淚。只是這樣的眼淚是因為不捨，因為看到自己最真實的眼淚和釋然的微笑。

你仍然是王子，仍然相信她是沙漠裡唯一的玫瑰。

你更確信她會因為你真實的眼淚更加嬌媚獨特，即使這朵玫瑰並不知道你的眼淚依然澆灌著她。你跳著華麗的圓舞曲，身邊的朋友也一起輕快的跳著，這不只是一場畢業舞會，更是一場走出童話世界的成長儀式。

我的梵谷

夢想

於是，當人們的文明開始呈現催眠狀態或神智不清時，透過以文字藝術串起來的夢，這個世界也許就會變得更加透徹也更加的真實可喜。

我的中文夢是和梵谷一起作的。

今年是梵谷一百六十歲冥誕，曾經為了追尋梵谷一生的足跡，我揹起行囊遠赴荷蘭海牙開始和他一起作夢的旅程。

這一路我看到了梵谷，也看到了自己。

出發前的我已經唸完中文研究所碩士班，雖然擁有報社副刊編輯的經驗，也在學校擔任國文教師的職務，但是仍然不知自己是個中文碩士除了會教書和幫偉大的作家審定題目、代擬文章小標和校對文字外，還能作些什麼夢。當時的我擁有一顆敏銳易感的心，帶著能寫的一支筆和能說的一張嘴遊走人間卻非常茫然，在偌大的五千年文化裡泅泳，除了攀爬著蘇曼殊、白先勇、張愛玲等赫赫有名的文學心靈當作生活的浮木外，我能不能在浩瀚的星空裡也成為另一顆指引方向的藍色星子呢？

我坐在梵谷位於巴黎近郊奧維（Auvers）的墳前，緊緊依傍的是他親愛弟弟西奧的墓。那是廣袤墓園最邊陲的角落，他的墓前沒有種上熱情的向日葵，沒有優雅亮眼的鳶尾花，只有一束束來看他的人們路邊摘下的小花小麥。安靜的角落住著一個天生熱情的人，生前以僅有的畫筆捕捉了他心裡一張張的夢，他在奧維旅居時間只有七十天，但他藝術創作的狂熱卻引燃到最高點。平均一天一幅，每一幅都是感人肺腑的傑作。包括光彩奪目的「奧維小鎮的教堂」、充滿感性的「嘉賽醫師」、憂鬱的「自畫像」，和驚心動魄的「麥田群鴉」等。

而他也在這裡長眠，看似短暫的人生其實已經走了好長的路才到了這兒休息。

坐在亞耳（Arles）的星空咖啡屋前，眼前是骯髒的黃色桌巾，斑駁脫落的店家牆垣，夜晚的星空並不如梵谷畫裡那般燦爛，我傻眼了，也釋然了。

看完他之後，我回到工作崗位，決定開始繼續一邊替雜誌社寫些特約採訪稿，一邊整理自己一路旅行的經驗。梵谷在隆河的那個夜晚為我揭示他以星空為背景而作的夢；在奧維（Auvers）的烈日下，他指引我沿著崎嶇的山路走進教堂，他的夢裡是一片深藍色的天空重重壓下來，神秘而陰暗的玻璃窗和戶外明朗的色調形成對比，線條的律動看似穩定，其實不安。

我走進他的夢，卻發現眼前作的是完完全全屬於自己亮麗的夢。

那一段旅程梵谷為我預備了好多奇遇，讓我的人生充滿璀燦如星空的經驗。我知道我必須作著自己的夢，靠著自己的文字展開屬於自己的旅程。想想自己既然擁有了一枝筆和一顆易感的心靈，這個中文夢只怕是會一直作下去的。

現在我依然讓這個夢想繼續單純的作下去，春天來了，就寫首春天以及偷窺夏天的詩；感傷來了，就寫篇感傷以及捕捉歡笑的文章；有時又偷偷潛進青年學子的夢境裡，和他們一起作著美麗和憂鬱的夢。我並不想改變這個世界，因為他總有著屬於自己的規律與脾氣，我只想為這個世界增加些什麼。

像莊子一樣說些自己做的精彩夢，於是，夢裡夢外的世界就自然的和其他詩人的夢串結在一起。於是，當人們的文明開始呈現催眠狀態或神智不清時，透過以文字藝術串起來的夢，這個世界也許就會變得更加透徹也更加的真實可喜。

我的夢，只要拿起筆繼續完成不同的夢，並且寫出每個夢的模樣，一次又一次相信這些夢其實都是自己及這個世界不可或缺的風景，那揹起行囊完成旅程的過程中就會遇到不只是梵谷這樣的好朋友！

你們呢？三年前帶著夢想來到這座校園，不久即將畢業的你們仍然懷抱夢想嗎？仍然帶著嶄新的夢想期待走進下一座校園嗎？不要忘記曾經的初衷，那曾經告訴自己要在這裡完成一些夢想的心願，走出這裡之後繼續實現我們的夢想，讓夢和夢串成一座友誼和愛的森林。

愚人節之後

幽默

因為我們的人生，從考完大學起，就再也不是科科得A者保證勝利了。

愚人節這天應該擁有比平常多一點幽默的權利，你們選擇過得非常平靜。沒想到你們卻選擇兩天後過愚人節。

科任老師是一位認真嚴謹的優秀老師，每每上課鐘響她總已準時站在講臺上。今天她依然準時站在講臺上聆聽著上課鐘聲響起，手上拿著接下來連著漫長的兩堂課她已經準備充分的講義和筆電（相信連提振學生精神的笑話都已經滿滿抄在課本上了），一切將按照進度進行。

這時臺下傳來幾個開玩笑的起鬨聲：「鐘響了鐘響了，老師要下課囉！」

接下來嘻嘻哈哈的此起彼落聲成為十八歲青年最自然最天真的節奏，有人跟著起鬨有人不動聲色，有人心裡想著：反正前幾節也是這樣和不同的科任老師開相同老梗的玩笑，應該也沒關係吧！？

可是，接下來的反應可就大大的不同了！

老師生氣了！

她非常生氣地接龍著以上的笑話：既然你們不想上課，好呀，那就下課好了！

說完她當然真的就非常生氣的離開了教室！

一整個教室的嘻嘻哈哈頓時冷靜了下來，糟糕啦！大家真的惹老師生氣了！

老師覺得這個老梗已數千年似的笑話其實並不好笑，甚至侮辱了準備認真上課的老師，而你們發覺事態嚴重時馬上由四位幹部下樓道歉。

以安靜的腳步先踅來到我的辦公室。

以導師身分帶著你們先一起向老師道歉，老師看起來還是非常生氣，我相信這代表著老師把你們都已視為成年人了！你們說的每一句話她都會認認真真的聆聽並重視！因為成熟的說話者並不能只顧及自己的感受，更要體會聆聽者在接受我們說話內容時的感受。

這感受一定是聆聽者真切的反應，說話者更必須懷抱著戒慎恐懼的心。道歉完畢接下來就是你們自己的面對。畢竟你們懂得自己的問題得自己負責解決才是成熟之路。重要幹部為少數人的言詞不當繼續道歉，並且期盼認真的老師能繼續回來上課，無非是希望無心之過能不再蔓延而影響課程。

終究生氣至極的老師仍讓大家靜思了一節課。

第二節老師在大家一起起立道歉後恢復正常上課。

這是一次該怎麼歸類的一場記憶呢？

或許該歸類為轉成大人前的一堂人生課。

畢竟我們這一路要學習的課程還多著呢，光這一堂課就讓我們學到了好多好多。

即使這位認真的老師當時選擇生氣地離開了課程的現場。

這一堂課看似因為老師回來上第二堂課以及全班起立向老師道歉而落了幕，已經下課的課程卻引起同學更多的討論。

這堂課像是一堂開放性的課程，沒有固定教材，誰都是老師，誰都值得在這堂課學到什麼，只要我們願意擁有一顆開放的心靈。這絕對是一堂值得成熟的個體做公開申論的課程。

全班需要為少數人的不恰當言論而一起道歉嗎？

全班必須承擔失去一節課的受教權嗎？

老師可以以一節課的缺課來取代她的教誨嗎？

這是一堂珍貴的人生課，感謝老師在大家離開學校前教授這一堂課。也許有人認為親愛的班長和副班長已處理的很恰當，相信老師因為處理得宜而能恢復對大家的喜愛；也許有人認為全班向老師道歉代表全班一體的心，少數人必須向多數人道歉代表全體人類追求公理正義的精神！

但是，這一切的課程都還在進行著，希望這沒有紙面作業的一堂課能讓全班都受益良多！

因為我們的人生，從考完大學起，就再也不是科科得A者保證勝利了。

52 赫茲

#繼續歌唱

有時卻又會試著走出自己早已習慣的舒適圈，只為了看看這如斯平靜的藍色海域裡會不會遇到其他頻率的生物。

陳綺貞是我最喜歡的女歌手，聽她的歌舒服自在，不管是熱情搖滾的〈太陽〉或是詩意盎然的〈太多〉，心底的洋流雖然洶湧起伏，卻是順暢地依著海平面的柔柔肌膚起伏著。最近她成立了新樂團 The verse，裡面的樂曲在開車時聽起來格外的舒服。

好像開著一艘米色潛水艇潛進海平面以下隨著洋流慢慢漂呀漂的，四周經過的都是各自急於覓食的鯊魚群，而小小的自己卻在陳綺貞的音樂裡變成一尾舒適自由的魚，並不會覺得孤獨，當然更不會感到擁擠。

不過時間一久，優游在舒適圈裡的我就會開始想打瞌睡了。列名頭號危險駕駛的我可不是浪得虛名！

開車前先將溫度調到比室外溫度低一度，椅背是最舒適的角度，高跟鞋換成平底鞋，放著最舒適的音樂，哼著最熟悉的曲調，生活在最舒適的環境裡，游呀游著以我最自在的速度。

於是瞌睡蟲就悄悄的攀附在眼皮上，一隻一隻又一隻……

這一直是非常困擾我的問題，試過捶打自己猛咬自己捏爆自己，但是除非讓這艘舒適的潛水艇浮出海面或是被另一隻大鯊魚逼到暗礁嚇出一聲冷汗，這些瞌睡蟲還真是因為舒適圈的逐漸成形而愈來愈猖狂。

甚至威脅了我的生命。所以我只好關掉陳綺貞，打開窗戶讓其他喧囂的雜音進來。我這尾小魚似乎不能活得太舒適。

待在廣袤大海裡的一隻鯨魚，會不會也像我一樣因為游得太舒適自得而瞌睡呢？

這隻因為和其他同類頻率相異而孤獨的鯨魚，在陳綺貞的音樂裡因為孤獨而獨特，也因為獨特而必須孤獨。因為叫聲獨特而無法尋得同伴，也因為如此的孤獨，牠其實一直活在一個沒有雜音的舒適圈裡。

這隻名為「52 赫茲」的鯨魚一直游在自己的舒適圈裡應該不需擔心周公的騷擾吧。

根據二〇一二年七月七日國際新聞中心的綜合報導，美國國家海洋暨大氣總署（NOAA）數十年來都在追蹤海底的一個聲音，它聽來像是鬼魂的嚎叫，也像是低音號的鳴奏。其實這個神秘聲音來自一隻名為「52 赫茲」的鯨魚，由於牠的歌聲太獨特了，獨特到只有牠自己聽得見，因此至今仍無法找到伴侶。

科學家說，「52 赫茲」的名字取自於牠唱歌的頻率，牠與同類有所不同，一般鬚鯨亞目皆是以較低的頻率，約十五至二十五赫茲在唱歌；可是牠卻是用頻率高出許多的五十二赫茲，就這樣唱著只有自己聽得見的歌，成為世界上最寂寞的一隻鯨魚。

陳綺貞為這隻鯨魚寫下了〈52 赫茲〉這首歌，獻給所有因為獨特而孤單的人。

有時找到屬於自己的舒適圈聆聽生命頻率是一種生物的本能，那種獨一無二的聲音聽起來特別的真實而感人。

有時卻又會試著走出自己早已習慣的舒適圈，只為了看看這如斯平靜的藍色海域裡會不會遇到其他頻率的生物。

當更兇暴的龐大生物正在暗礁處虎視眈眈時，那自以為已經長得夠成熟的尾鰭是不是還有繼續變大變有力的可能呢？

或許正在海洋某處，這隻最寂寞的鯨魚正在繼續唱歌尋找牠的好朋友。

不論人生或是海洋，唯有能認清環境變化，勇敢唱著屬於自己的頻率，享受一個人的獨特與寂寞，亦要敢於跨出舒適區，追求生命內涵的創新，才能永保前進的尾鰭時而舒緩自在，時而充滿成長的搖擺動能。

跋：有一個地方

在這個小宇宙天天上演新的情節，每天都精彩可期，雖然這裡看來不過只是一間教室，但，它不只是教室。

我喜歡稱這個地方為家。

總是想起孩子時期父親帶我和弟弟到河邊釣魚玩水，順便告訴我們一點點人生的經驗。

譬如說小時候在家鄉江蘇常州那個因為吸鴉片而暴斃的表舅啦，工作後應該要不忘享受大自然的美好才不會活活累死之類的話。我和弟弟邊玩耍邊聽著父親聊天式的庭訓，當時敷衍父親的成分一定大過自以為聽懂的部分。

可是現在腦裡全都浮現當時父親的話，究竟是什麼原因讓我一一全都記住呢？

爸爸總是話不多，但每每說話總是切中要害，長大自己當了老師當母親，腦海裡不知不覺會傳來父親那隨興有趣卻又耐人尋味的話語，那樣的耳提面命感覺很溫暖很滿足，像坐在腳踏車後座抱著父親粗壯的腰，我睡著睡著就安心睡著了，父親騎著騎著就這麼安全的到了家。

這是一間教室，每天大家從自己的原生家庭陸續來到這裡，笑笑鬧鬧地將整間教室充填的既青春又活力，上課下課都依賴一樣的鐘聲，課本打開知識端正地坐在其中，教誨也從不吝於表現他們的正確性與嚴謹性，抬頭看見知識的奧秘足夠令人畏懼，低頭又好想擁抱生命的青春無法不聽見心底的鼓聲，一人一個位置一張桌子，彼此的心靈這麼靠近又這麼有固定的距離，這裡，真的只能是一間教室嗎？

如果這四十七個人朝夕相處的地方只能是一間名為教室的教室，會不會太可惜呢？

想起父親在出嫁的那天清晨對我說：「這裡永遠有個家讓你撒嬌呀！」想念家人時雖然無法回家，但心中的溫暖會支撐著自己在這個有點困難的人生中繼續微笑挺進。因為那兒是個感情的居所，裡面有教誨有知識，更有包容和愛。父母無條件地擁抱我的幼稚陪伴我的成長，卻又能不忘在遊戲玩樂中給我規範給我教養。

如果這個四十七人的大教室是一個家，即使放學時這間教室又將回到空空蕩蕩的原貌，回家後的四十七個人會不會期待明天一早再來這個教室呢？會不會隔天來到這裡在各自心中有種回到家的安全感呢？

有一個地方每一天從早上七點半待到傍晚，屁股也真的坐得很瘦，眼睛也真的很累，但是一到放學時間卻又精神全都來；有一個地方，大家都在釣魚，有的釣知識，有的和周公一起釣魚，整個漁場依然活力充沛充滿希望。但是一旁那個說故事的老師說的話大家以後不知道記得多少？

故事在這個地方一直上演新鮮熱鬧的情節，我說的故事和四十七個人上演的情節每天都精彩可期，雖然這裡看來不過只是一間教室，但，它不只是教室。

後記：莫忘十八歲的你

十二年國教上路，教育方式不斷的歷經改革，不斷的拿學生當實驗，教科書版本有時單一有時多元，試圖找到一個最適合培養學生的培養皿。

然後丟入不同功效的配方藥劑，將學生一年又一年的泡在濃濃的藥味中。入學既然已經免試，卻又加考PISA，評量十五歲青少年具備參與未來社會所需的基礎知識和技能（稱之為「素養」）是否足夠。測驗生活反應能力的題目冗長又多元，學生背負著大人未定的政策，背負著更茫然而複雜的成長路，我們將一生最青春的生命花在學校的教育，究竟真正期待的是一個什麼樣的大人呢？

是希望自己不管是學校還是職場人生的成績表現一直成為同儕中的A+？畢業找工作能夠成功的超越可憐的22K？？還是一直做個只許成功討厭失敗的佼佼者呢？

而身為教育第一線的老師，究竟希望你們走出校園之後能夠成為什麼樣的人呢？

拿著課本，一堂堂的教授課程是為了搭起課本和學生之間的親密橋梁。然而放下了課本，看著你們認真追尋自己成長的價值，鍛鍊自己強健的身心，有時迷惘在知識的深海裡，有時又極度熱情的創生屬於自己的生活智慧，你們正自己編寫著下課之後的人生教材，藉著一堂堂的切磋學習將自己的青春譜成一首首優美的樂章。

看著你們即將從十八歲畢業，一個青年已隱然成形，時間在你們的身上默默地做了功課，你們是森林裡青嫩卻挺然的樹材，這些珍貴的日子像山風、雨露、陽光，更像無所不在的空氣，你們生活其中都在吸取並製造不同的養分。

日子看似規律的運行著，每日按表操課上課下課，如果記錄下來每天發生在你們之間的事情，相信你們才會驚然發現原來每天的生活是那麼的閃亮獨特。

原來，不只是課堂的成績單，成長的關鍵詞不會是A+，其實是小日子裡的一次又一次去蕪存菁的體悟和感動。

能寫在黑板上的大部分是知識，你們可以慢慢的抄錄、背誦，然後下堂課前再拿板擦一一擦去。直到下一個豐沛的知識又迫不及待的覆蓋其上前，不知道我們小小的腦袋瓜能夠記憶多少？

然而有些東西就是無法在課堂上以細細的粉筆詳細做抄錄甚至分析講解的。

這姑且就稱之為「養成」課程吧。

課本為學生設想知識的養成過程，照著課本的進度進行知識的傳授是一個老師應該完成的責任，學生的責任似乎就是應該將知識的學習化為水到渠成。只是在教室這個小宇宙裡有許多的星子根本就是擁有自己的節奏，在各自的軌道上運轉自己的日與月。

成長不只是知識的水到渠成，更是意味著生命素養的培養。

你們就是四十七顆星子，每天的故事其實就是一連串自我養成的過程，一拍接著一拍，一拍接著一拍，由青澀沙啞到悅耳動人，它是美好的樂音，當我們輕輕哼起它時才會了解美好的生命曲調，原來自堅持每一拍子的正確與獨特開始。

好生活 021

在素養天空下

作　　者：顧蕙倩
美術設計：徐莉純

發行人兼總編輯：廖之韻
創意總監：劉定綱
執行編輯：錢怡廷

法律顧問：林傳哲律師 / 昱昌律師事務所

出　　版：奇異果文創事業有限公司
地　　址：台北市大安區羅斯福路三段 193 號 7 樓
電　　話：（02）23684068
傳　　真：（02）23685303
網　　址：https://www.facebook.com/kiwifruitstudio
電子信箱：yun2305@ms61.hinet.net

總 經 銷：紅螞蟻圖書有限公司
地　　址：台北市內湖區舊宗路二段 121 巷 19 號
電　　話：（02）27953656
傳　　真：（02）27954100
網　　址：http://www.e-redant.com

印　　刷：永光彩色印刷股份有限公司
地　　址：新北市中和區建三路 9 號
電　　話：（02）22237072

初　　版：2022 年 1 月 26 日
I S B N：978-626-95360-2-3
定　　價：新台幣 330 元

國家圖書館出版品預行編目(CIP)資料

在素養天空下 / 顧蕙倩作. -- 初版. --
臺北市 : 奇異果文創事業有限公司,
2022.01
面； 公分. -- (好生活 ; 21)

ISBN 978-626-95360-2-3(平裝)

863.55 111000602